那當兒

故鄉童年的回憶

楊建英——著

CONTENTS

目錄

謹以此書獻給：故鄉大馬村　獻給良鄉
獻給故鄉的父老鄉親獻給二哥及家人
獻給石山中學八十三屆同學們

序一

鄉愁：遊子的精神「容器」——讀楊建英散文集《那當兒》[1]

紀紅建[2]

收到建英從發來的散文集《那當兒》電子稿時，我正準備前往當地採訪。於是，我帶上《那當兒》出發了，白天在原始森林裡穿梭採訪，晚上在整理好採訪筆記後，便是讀建英的《那當兒》。很快，他的文字呈現出的記憶中的故鄉場景，他所構建的

1　《那當兒》是本書《那當兒：故鄉童年的回憶》的簡稱。
2　紀紅建，第七屆魯迅文學獎獲得者。

精神世界，深深地吸引了我，打動著我的心靈，溫暖著我的心靈。這種難以割捨、刻骨銘心的鄉愁，是他，也是我們的精神「容器」。

《那當兒》讓我感受到了建英那顆純粹的熱愛文學的心。集分「流年碎影」、「柔軟時光」、「鄉村淺唱」、「樹熟流芳」、「金色流年」、「歲月詩章」、「鄉村物語」七輯，無論何輯的內容，均無造作、刻意為之，感受到的全是他對鄉愁，對生活自然、真情的表達。儘管文字中建英扮演的不是政治和道德裁判者，不是傷痛的撫摸者與控訴者，只是一個記憶中的或者已經發生變化後故鄉鄉村的見證者與呈現者，但我總能深深感受到他內心自然洶湧的情感力量。

他向我們呈現的大馬村的鄉村物語，包括〈土炕〉、〈小賣部〉、〈村上椿樹〉、〈大馬村紀事〉、〈聽鬼故事長大〉、〈姥姥家唱大戲〉、〈盜花生盜白薯〉、〈歇後語俏皮話〉、〈七月棗〉、〈八月梨〉、〈九月柿子紅了皮〉、〈肥年〉、〈年夜飯〉、〈致老師〉、〈致同學〉、〈鄉村物語〉等，見人見事見物，有動態也有靜態，顯然是一個郊原生態的古樸村莊。透過純粹而潔淨的文字，我看到了一個遊子內心深處對故鄉的思念之情，也看到了他那顆純粹的熱愛文學的心，這顆心正如他筆下的大馬村般原生。正如他所說，這裡成了安放他文學夢想的地方。從那一刻開始，故鄉注定成為他文學表達的重要部分。

《那當兒》展現了建英樸素而精煉的散文敘事能力。他的語言、他的敘事、他的故事，無一不將我深深吸引。尤其令人感嘆的是他的語言，質樸得精緻，精緻得質樸，自然而灑脫，雖然離開故鄉三十多年了，但文中依然散發著淡淡的故鄉味。在〈土炕〉中他這樣描述道：「這種爐子很低，離地只有兩塊磚高，俗稱『地蹦子』。它是在地下挖一個深坑把爐子砌進去的。這個坑俗稱『爐灰坑』。這種爐子爐膛很大，爐口極小，所謂『裡面蹲條狗，上面伸隻手』。爐子與炕相連，形成爐洞。連接處用一塊磚：抽出來，燒坑；推進去，做飯。爐內安放一個小瓦缸，放滿水，借著爐火熱力形成一個『土過水熱』。」這樣樸實而凝練的描述在作品中無處不在，對事物的描述細緻入微，不急不慢，舒緩自如，節奏掌握得非常到位，既打動人心，又真實可信，還引人沉思。大馬村的一切事物在他的筆下逐一登場，奶奶、母親、老師、同學、石匠，麥田、大場、椿樹、麻雀、碾子、磨子、麥秸垛、小賣部、棗子、梨子、柿子、白薯、老鹹菜、炸醬麵、麻醬麵、大滷麵、年夜飯、豐收、肥年、守歲、打獵、劁豬、起名、像蛋、鬆懈、唱大戲、瞎晃蕩、盜花生、盜白薯、歇後語、俏皮話、聽鬼故事、回家吃飯等，共同支撐起一個樸實而又活潑的村莊。

《那當兒》建構了一個留下鄉愁的精神「容器」。對於故鄉一切事物的描寫，建英都是那麼信手拈來，自然而又真情地表達著。這種功夫，既得益於他良好的文學修養、語言敘事能力，也源於他對故鄉的人及往事的無限眷念。正是他對故鄉這種純潔的情感，為我們呈現出故鄉的淳樸和溫暖。從文中也不難看出，故鄉任何一個印記，都會引起他的種種心緒，泛起熟悉而特有的鄉味。對於故鄉，不是幾篇文章或是一部作品能夠表達清楚的，有說不完的話，道不盡的情。正如建英在文中所說：「有關大馬村的話題還有很多很多，但越寫越覺得許多重要的都沒寫，而寫出來的又都不滿意，這真把我折磨得心力交瘁，痛苦得像草一樣不能自拔。」「我心裡還是空落落的，覺得還遠沒有寫出我心中的這個村莊的皮毛。就是說，根本沒有觸碰到筋骨，探索到精髓，心裡還有一大堆東西沒寫。可糟糕的是，又根本寫不出來了。」這是他自謙的表達，更是他對故鄉的無限眷念。文中無處不表達著他對故鄉的思念，同時也描述了他離鄉後故鄉所發生的巨大變化，這是對現實的深刻關照，更是對其精神「容器」的昇華。對於這點，建英有深刻的理解：「我如果想不清楚當年老人老物老事在今天生活中的投影和影響，尋找不到這些過往在今天現實生活中的意義，就根本下不了筆。說句冠冕堂皇的話就是：歷史照不進現實，那，寫它何用？」我想，這便是建英創作《那當兒》的初衷吧！

總之，建英的散文集《那當兒》是一本內容豐富、情感飽滿、朴實無華，散發著濃郁生活氣息，對故鄉深情回望的佳作。那充滿溫度的文字，讓我們有更高更遠的期望；那發自內心深切的情感，令我們回味無窮。

序二

讓記憶在當下生活中不斷生長——讀楊建英散文集《那當兒》

北喬

楊建英的散文寫作，很好地實踐了作家與日常生活的密切相關。這樣的日常生活是生命中沉澱的過往與伸手可及的當下之間即時生長的自然體。由外在的浮現到內裡的顫動，他將散文這一體裁所承載的宏闊的視野、敏銳的體驗和縱深感極強的思考，進行個性化的糅合，試圖尋找到屬於他的敘事路徑。心靈真切，語言樸素，情感有內斂式的飽滿，敘述的姿態緊貼大地，他注重的是多時空間的互動。而這一切，使他生活者和寫作者的雙重身分都竭力而又自然地從浮華回歸本相。這當是一種以互動為軸心的沉浸式寫作，給予散文以親切的感受和人文的想像。

忠實於生活，忠實於內心，對於楊建英有著特別的情感意義和文學呈現。他生在鄉村且一直生活到十八歲，後到他方生活和工作。故鄉成了遠方，而原先的遠方現在就融於生活的現實之中。原居地與他方，已然不是故鄉與遠方的簡單置換，而是一種互為觀照的關係，繼而凝結為他的人生的有機部分。其間有縫隙，但陽光會照進，擦亮生命的表象和沉澱。這兩地都是他的故鄉，又是他的遠方。在另一個角度，這兩地又都不是他的遠方或故鄉。這是對於其人生的本質性理解，也是哲學意義的生活化。對他而言，故鄉的記憶不斷翻新，而具象的生活是對遠方想像日復一日的發現。撿拾記憶，是對當下生活的回應；而最為即時的體察，又是對故鄉另類方式的言說。這就形成一種奇特的現象，他深扎於生活的大地，又無時無刻不在漂泊。當然，這也印證了人生的某種無奈，我們從未有絕對意義上的故鄉，只有絕對性的漂泊。這是地理性的，更是文化性的。由此，我們的生命行走一直處於撕裂的狀態，這是不幸，且我們歷來無能為力。但對於寫作者來說，這當是難得的資源。當我們清醒並深情地關注這樣的不幸與無能為力，寫作就會獲得強勁的動力和可能的深度。這不是突圍，而是我們在對立和對抗之中與生活和解的重要途徑。在很大程度上，寫作的意義，文學的價值，也正在於此。楊建英或許迷失於地域上的故鄉，但心中對於故鄉的追尋和建構，從生活和文學兩個層面同時發力，一直都在路上，並日漸有收穫。這得益於他的生命和情感與純樸且深厚的鄉村人文保持血脈連繫。在他的寫作中，我們看到了清晰而執著的鄉愁圖景。如此的鄉愁圖景，不是對故鄉直白的複現和修復，而是基於傳承經年的文化和真實的紛繁生活的想像和營建。以文學的方式進行對話，最終是抵達生活的細部與宏觀。這讓他的散文既有詩意，又有煙火氣，在寫實的行為中，隱含精神性的寫意。

一般意義而言，楊建英的散文屬於鄉村散文的範疇。這主要是指其對於題材的選擇和組合，以及敘述腔調的呈現，都具有濃郁的鄉村氣息與生活的本真滋味。很有意味的是，他目光高遠，善於抽身而出立於高處瞭望平常生活，似乎有意以保持足夠距離的方式觀察我們的日常，但給我們帶來的是聚焦之後的細節。無論是寫生活中的風俗，還是山水人文，他都寫得很扎實，讓人能感知常被我們忽視或漠視的那些細微之處。就是這樣的不經意，居然讓我們從他的字裡行間發現了我們本該擁有的生活之趣、生活之道。這顯示了他之於生活的用心凝視和體會，更表達了他熱忱的生活態度，文學真正成為他內心的映象。他的敘述，很好地汲取了民間日常敘事的精髓，在文學性的溫潤下，大有返璞歸真之感。在閱讀他的作品時，我們時常會有一種錯覺，彷彿行走於鄉村的房前屋後，聽老人們在說古講今。語言平實，表情純樸，冷峻從容間，竟然透露出親切和溫暖。這是一種世俗化的講述，又是文學化於生活的講述。可以想到，這也是楊建英將文學與生活共謀之後的寫作，只不過他盡可能地抹去了雕琢的痕跡，將技法化於無形。同時，他並沒有無節制地與細節糾纏，只為寫細節而寫細節。細節只如繩頭，他的用意是以此牽出生活，既是以小見大，又是以細微展現宏大。這樣的細節，不再只是細節，而是整體生活的一部分，絲絲縷縷中都勃發著生活原生的心律和呼吸。

楊建英的散文寫作，立足於故鄉和農村這兩個地域，在寫作時，多數情況下讓兩地保持相對的獨立。追憶往日的城市生活，我們能讀到當下感；而書寫現時的鄉村生活，我們常生出他是在回憶的感覺。遠了拉近了寫，近的推遠些寫，其實源於內在的互動。當下與歷史，現實與記憶，一直糾纏在一起，從不可能彼此割裂。當下的生活，總有過往在湧動，而此時此刻，又會對記憶進行梳理和顯現。記憶滋養著現時的生活，又因現時的生活而發生變形，當然也有多重意義之中的重生。這既是對於人生的本質性揭示，又是若隱若現的人生隱喻。在理論上，這很難極為科學地論證，但文學可以感性地表達。就像我們面臨的眾多人生難題一樣，無法理性分析，但可以心領神會。當然，這也是文學的特殊魅力。楊建英的散文掖藏了這樣的理想，在不斷前行中努力抵近。

收錄於這本書的篇章，我並非集中性閱讀，而是自二〇一六年至今，我有幸在他完成這些作品的第一時間就可以讀到。為此，寫下這些文字，以表謝意。

是為序。

序三

土味足、知識多、語言美——讀楊建英散文集《那當兒》

宗介華

「文學即人學。」這是蘇聯著名作家高爾基提出的一個文學見解。

「文學即人學。」人學即有喜怒哀樂。因此，凡文學家寫出的作品，無不折射出他（或她）心中的悲歡離合。

讀著作家楊建英先生所著《那當兒》，我更深一步感悟到「文學即人學」的內涵，並彈射出三道醒目的光環，即土味足、知識多、語言美。

■土味足

拿起這本《那當兒》，便有一股濃濃的鄉情撲面而來，彰顯著本書的特色。

應該說，不是每部書都會給我這種感覺的。

首先是書名《那當兒》。什麼是那當兒？就是那時候。哪時候？「童年的時候」。

一句土語書名把全書的味道都拖了進來。

我與楊建英先生住在同區，雖不同鄉，卻是同情。因此讀到這部書稿，更感親切。

《那當兒》延續了故鄉的語言，很有特色。

本書共分七輯，三十七篇文章，但土味十足的小題目就很多，無疑，它們成了吸引讀者「讀下去」的磁石：

〈土炕〉（即農村用土坯壘的床）；

〈老家賊〉（即麻雀）；

〈打貓兒〉（即打野兔）；

〈劁豬騸馬〉（即割去雄性豬、馬的睾丸）；

〈姥姥家唱大戲〉（即婚喪嫁娶時農村搭臺唱戲）；

〈半瓶子醋瞎晃蕩〉（即水準不高卻還吹噓的人）；

〈別拿白薯不當乾糧〉（農村土語，別看不起的意思）；

〈杠杠的活不過囊囊的〉（農村土語，即身體健康的人卻活不過病多的人）；

〈守歲〉（土語，即大年三十全家人整夜不睡，迎接新的一年到來）……

為了讓讀者了解本書的「土味」，特選作者的〈東邊的碾子西邊的磨〉一文部分如下：

東邊的碾子西邊的磨

一

小時候在大馬村，最讓我興奮的事除了過年，就是村裡的紅白喜事了。

紅事就是喜事，莫過於結婚娶老婆。只是這喜事太短、太快。而且我所關心的只是扔喜糖一個環節。「呼啦」一下子，糖果從主持人的託盤中拋撒下來，像是一碗小蝦扔進滾燙的油鍋裡，地上一陣炸亂。往往收穫甚微，失望比患早洩的新郎還痛苦。

爲此，我不太喜歡紅事。我最喜歡的是白事。

白事就是喪事，專指死人。人既然已死，也用不著著急忙慌了，儘管從容處理。少則三天，多則五日，也有放一期（七天）的。這其中，打「裝槨」（做棺材）入殮、燒紙哭喪、傳燈供飯、出殯掩埋等環節我都喜歡。但最喜歡看的還是哭喪。

哭喪有許多說道：兒子哭驚天動地，女婿哭像驢放屁；閨女哭如訴如泣，媳婦哭有氣無力，老太太哭如同唱戲。

我們村的老太太都很會「哭」，四六言，長短句，起承轉合，有板有眼。村南頭方老太太伴侶死時哭，動聽至極：

「高粱葉子滿天飛，沒兒沒女我靠誰？」

「東邊的碾子西邊的磨，誰給我推磨扛笸籮！」

無兒無女，孤苦伶仃的方老太太失去伴侶的痛苦驚天駭地。但從哭訴的內容來看，好像別的她都能克服，唯有這推碾子、磨磨的工作，無人協助，實在令人傷心。

在農村，推碾子磨磨是件苦差事，也堪稱表現苦難生活的縮影。電影《白毛女》中喜兒就是在磨坊裡被黃世仁霸占的；電影《甲方乙方》中傅彪飾演的角色想嚐嚐被剝削壓迫的滋味，被安排體驗的第一個項目也是推磨。老話講「有錢能使鬼推磨」說的雖是金錢的魔力，可暗中也道出了一個事實—這工作根本不是人做的！

讀著這土味濃郁的作品，給讀者一種輕鬆之感。限於篇幅，在此不贅述全文，請讀者品讀書內原文吧！

■知識多

「文學即人學。」而在一部作品中或一篇作品中，只要看上幾頁，就能從字裡行間看出作者的興趣、愛好、性格、習慣等特點。俗話說的「文如其人」，也就是這個意思。

縱觀全文，感到作者是個喜歡讀書、求知欲強並處處問個「為什麼」的人，因此，筆下之文也就充滿了知識。

應該說，這是十分重要的。

人非生而知之，皆為學而知之。多學、善學、深學，日積月累才會成為生活的「知者」。

下面引上幾段短文，可見一斑：

記憶中，村子裡許姓家族很特別，仔細觀察這些人與普通村民倒沒有什麼兩樣。上小學時我的同桌許二狗子上課搗亂，老師氣急了說，叫你的家長來。二狗子說：我爸在大灰廠上班回不來，家裡只有我奶奶。老師說：奶奶不行！你媽呢？我說：他奶奶就是他媽，他稱呼他媽叫奶奶。老師聽得一頭霧水，一揮手：什麼亂七八糟的！

再者，就是逢年過節，他們拜年請安挺有意思—男人拜年「撿磚頭」（屈膝垂手），女人拜年「肚子痛」（手捂肚子道萬福）。其他的，就真的想不起什麼了。

據王世襄先生說，早年間，人們言辭講究雅致。（這一論斷，在老舍先生的書中也能得到驗證。比如：在《正紅旗下》中，老舍就說他的大姐婆婆——一個惡俗、刁蠻的老太太，就經常喜歡說「大概其」三個字，原因就是裡邊有個「其」字透著文雅。）人們喜歡把許多聽起來不雅的詞彙找別的詞替換掉。

例如：他們嫌雞蛋中的蛋字不雅，所以就把雞蛋稱作：「雞子」、「白果」、「木樨」（也被寫作「木須」）等。有道名菜「木須肉」說白了就是雞蛋炒肉。那爲什麼把兔子用貓給換掉呢？是他們閒得「木樨」疼嗎？非也！非也！

——引自〈打貓兒〉一文

■語言美

「文學即人學。」而文學是用其優美的語言、形象的語言、生動的語言、個性的語言等多種語言的表述與描寫，來展示作者的喜怒哀樂。在這裡，作者也做了很大的努力。

下面僅舉幾例加以說明：

土炕是大地抬起的一部分，睡在炕上就是睡在大地上。接地氣，承文脈，通人世。

——引自〈土炕〉

當然，村子裡飛翔的也不只是麻雀一種。燕子、鴿子、黃鸝、斑鳩、老鴰、布穀、貓頭鷹等，也都隨季節嬗替悠游，浪人一般，來來往往，沒個常性。只有麻雀，一年四季與這個貧困的鄉村相依相伴，用瘦小的身影餵養著大馬村飢渴的天空。

從麻雀擴大到多種飛鳥，但最後又只有麻雀在「守家」，而正是牠「用瘦小的身影餵養著大馬村飢渴的天空。」行文形象、生動而又趣味十足。

我忘不了每次採摘時自己的笨手笨腳，太陽快要落山了別人都是小籃滿滿而我半籃不足的尷尬；更忘不了同村的二妞、三丫、四鳳這些女孩們大方地每人拿出一大把將我的籃子填滿。看著她們晒得黑紅的小臉及細黃的毛髮貼在微微出汗的面頰上，一股莫名其妙的情感平生第一次襲擊了我—這些朝夕相處的「假小子們」竟是這麼的美呀！一時間，小心臟「撲通撲通」地跳個不停。

——引自〈咀嚼春天〉

外貌描寫與心理描寫，是作家重要的基本功。本文簡單數言就把幾個農村小女孩的特點與自己的內心想法描寫了來，足見作家的語言功底。

作品的語言好不好，是衡量一個作家是否成熟的「標杆」。敘述的語言順不順，描寫的語言美不美，人物對話的語言是否有性格，大體可以看出作者的功力。

「文學即人學。」從一部（或一篇）作品中，讀者會從味道、知識、語言等幾方面品味出作者的意圖與靈氣，而《那當兒》的作者楊建英先生則在這幾方面都做出了很好的展示，當然應該慶賀。願《那當兒——童年故鄉的回憶》出版後，楊建英先生再寫一本《這當兒——當今記憶》，一「那」一「這」，便是人生完美的記錄了。

如何？

——是為序！

序四

家鄉的烙印

劉澤林

我與楊建英先生至今未曾謀過面，但說起來我們還是頗有些前緣的：大概二〇一五年吧！家鄉聯誼會舉辦了一次「家鄉美遊子情」徵文活動，我有幸成為評委之一。在數百件應徵稿件中，有個作者的文章脫穎而出，榮獲一等獎。說起來真是奇怪，雖然後來所有優秀獎以上作品都輯在了一本厚厚的徵文獲獎作品集裡，且我還是那本書的實際責任編輯，但時過境遷不過幾年後，其他獲獎作品的作者、內容，我竟然通通忘記了，卻獨獨記得有一個身在遠方的遊子，寫了一篇心繫故鄉的文章。這至少說明了那篇文章的感人至深。所以當顧夢紅先生轉來楊建英先生的書稿且囑我寫些文字的時候，我一下子就把他和那個一等獎對上號了。是了，也許那一次的未相忘，就是為了這一回的再相聚！ 所以，儘管已經淡遠了文字，還是欣然應允了。

打開書稿，跳出書名《那當兒：童年故鄉的回憶》，頓覺親切無比：「大馬村」，那是一個多麼近的所在；「那當兒」，那是一個多麼遠的時候？

分析作品內容可知，「那當兒」的故事都是發生在隨父親到他地上高中之前的時候，大抵從出生到十五六歲的時段吧！讓我吃驚的是，在這麼短的時間裡，作者竟然積累了那麼多的鄉間生活體驗！

從題材上看，作品涉獵了農事、風俗、民情、商貿、鄰里、手藝、動植物等多個領域，其中單是農耕一項，其專業、其細微，便足以令我嘆服了。譬如在〈守望麥田〉裡澆水一節：

麥澆三遍水，回回是關鍵！頭遍水助返青，二遍水助拔節，三遍水助灌漿，每遍都決定著麥子的命運。水量多少為宜？文中又以幾條農諺分別對應了小麥的幾個關鍵生長期。篇幅所限，本文盡量少引原文。全文看罷，我認為自己幾乎已經是半個小麥專家了。

再如民居建築〈「周」起一座房要花多大力氣〉：所謂「老陽出」就是房子的前門臉全部由門窗封擋，且留出廊廈，這樣的房子通透、豁亮、大氣；反之，「醬豬頭」就是全由磚牆砌擋。因爲，房子中間部分凹進去，使得兩邊的房子凸出來，看起來著實像醬熟的豬頭一般蠢笨。但是這樣的房子整體看來端莊、氣派，是當年農村人心中的美居。

至於過程中的那些專業細節，就如前不列舉了。

我想說的是，作者少年遠行，卻在三十年後把「當時」的人和事一一再現，說明記性好，且非常用心。僅此兩點，就足夠讓我羡慕不已。因為作為一個文人所必備的那兩個要素，我全部欠缺！

作者的記憶力和用心在語言風格上得到了豐厚的回報：在那些散發著濃郁的、鄉土氣息的句式裡，鄉間土話、俚語歌謠隨處可見，構成了本書鮮明的語言特色。像「老天爺餓不死瞎『家雀』」等。但作者是當地教育學者，語言上當然少不了與時俱進的現代元素，如「GDP就是雞的屁股」等，形象生動，妙趣橫生，不勝枚舉。

但是，憑著以上這些就可以成就一篇美文、一本好書嗎？非也！作者用一次次感動讀者的方式告訴每一個寫作者：要有情！

在〈小賣部〉裡，學年裡的作者用一個雞蛋去換田格本，因緊張把雞蛋摔碎在櫃檯上了——

我強忍淚水，收拾殘局。碎雞蛋人家根本不收，但就這麼扔了又太可惜—那畢竟是珍貴的雞蛋呀！再說，也把人家的櫃檯弄髒了，收銀員一臉的厭煩。怎麼辦？我只好欠起腳，把嘴湊近櫃檯邊沿，用手把散黃的蛋液滑進嘴裡，合著奔湧而出的淚水，一口咽到肚子裡！

此處有同經歷者或應有淚！還有如小說般精彩的〈村上椿樹〉，那個米魁元，那個地主婆許二奶奶，還有老書記，都在作品裡散發著人性的光芒。我猜想，作者在塑造他們的時候，可能是幾經流淚的。

當然，也有硬性表達的時候：在〈我媽叫我回家吃飯去〉裡，出於對連續陪客的厭倦，主角決定請假——

我說：「不想去了！」

他說：「總得有個說法吧！否則對主管不好交代。」我略一沉思，隨口說出——

「我媽叫我回家吃飯去，行嗎？」

最後那兩個字問得幾乎就咬牙切齒了。這個看似輕飄飄的理由，原來竟是作者人生裡最堅硬的支撐！

幾番長夜夢斷，恐怕多是被母親的這一聲遙遠的呼喚叫醒的。

……

鄉愁是遊子永恆的主題，但並不是他們的專利：一般作者也多涉足過鄉愁一類的題材，但在我看來基本都是「強說愁」的無病呻吟之作。沒嚐過切身的離別之苦，我們永遠想像不到思念之深，何況作者的那一次遠行絕不僅僅是一般意義的離別，思念的也絕不是一個單獨的個體。從某種意義上來說，對其中的某些人和物來說，那幾乎便是永別了。

設想一下那天的情景吧！緩慢的火車，憂鬱的少年；前路迷茫，故鄉漸遠；一團舊事，繞心如麻……

我想，這個少年的身上一定是被烙上了一方家鄉的印記的，不然他為何會在成年及至中年以後一篇篇地寫千古的鄉愁呢？從那一縷縷帶有淚血的鄉愁裡判斷，那有著明顯特色的方印，是直接鐫刻在作者的心田上了。

對大多數遊子來說，思念之情也許苦不堪言，但對一個作家而言，也許就別有一番風景了……

序五

最是鄉情暖心田——讀楊建英散文集《那當兒》

顧夢紅

我與楊建英先生至今未曾謀面，卻不是素昧平生，可以稱得上惺惺相惜，心儀已久。我們最初只是在一些報刊上讀到對方的文章，喜歡對方深情又酣暢的文筆，於是倍加關注。知道還是鄉親，因此聯繫逐漸熱絡起來。散文集《那當兒》的書名源於土話，直接翻譯出來就是「那時候」，但是這並不是說昨天與去年的那時候，真實的意思是相對久遠的舊時。

作者在大馬村的宅院土屋裡生活了十八年。鄉村的小路上有他少年奔波的足跡，莊稼地裡流淌者著鋤草割麥的汗水；南河溝畔，有他與二哥隆冬臘月摸魚的欣喜；當年的街巷裡，回蕩著他與朋友們除夕夜提燈夜遊的笑聲。即使少小離家，遠在千里外的他仍然時時懷念午後偷棗時令孩子們怦然心動的場景，常常回味初春時節吃榆錢蒸疙瘩、涼拌柳芽的滋味。或許正是這濃烈的鄉愁，才促成了這本鄉土味十足的《那當兒》面世。

然而《那當兒》並不是簡單的懷舊作品，楊建英的鄉愁不僅是留戀村西的大槐樹和村東的舊水渠，不僅是回味在土炕下溫壇裡濫青澀柿子的樂趣，不僅是痴迷的回味那碗玉米糊粥及一碟老鹹菜的滋味。

《那當兒》有歷史的寬度。他在〈土炕〉中考證李白的「床前明月光」詩中的床指的是胡床，詮釋自「老婆孩子熱炕頭」鄉間俚語的內涵。作者在凝視故宅那一盤土炕的時候，神思飛越，深刻挖掘土炕文化的特色。

《那當兒》有時代的深度。令人擊節三嘆的是那篇震撼心靈的〈村上椿樹〉。文中不僅考究了鄉間司空見慣的香椿、臭椿兩個樹種的家史，更把樹的形象賦予了際遇迥然不同的兩個人物。「最大的一棵香椿樹在村東頭的地主婆許二奶奶家；最大的一棵臭椿樹在村西頭米魁元家」。在臭椿樹下生活的米魁元挺身而出，寧願替許二奶奶挨流氓毒打的義舉讓人慨嘆荒誕歲月裡的人性之美，然而這還不是文章的最精彩之處。當米魁元死去的時候，老書記出乎意料地決定展示出這位耕讀傳家的農民身上那種令人欽佩的境界與襟懷。文章到此戛然而止也許就很完美了，但是作者匠心獨運，結尾設計了多年後米魁元後人到大馬村祭拜時，低矮的墳尖處一叢紅彤彤的小香椿樹苗破土而出的情節。我覺得這樣的文章結尾韻味無窮，超過了史蒂芬·褚威格（Stefan

Zweig）、歐·亨利（O. Henry）的小說，可以稱之為魯迅《藥》的現代版。

鄉土文化當然是源於故土情深，但是對鄉土的熱愛不是僅僅對古槐、石碾、古井的依戀不捨，也不是對日出而作、日落而息的舊生態作田園牧歌式的歌頌。

故鄉是鄉土作家的根，而作家的精神才是鄉土文學的魂。當我們走出故鄉，剪斷與母體聯結的臍帶之後，應該以生的急迫姿態採擷城市文化的枝葉，在母體嫁接，培養一種新植株，即新的鄉土意味，構築自己的家園。楊建英出生於普通鄉村，青春之年即在外生活，能夠對鄉土、鄉親有如此深沉的摯愛，對社會、人生有這樣深刻的品讀，實屬難能可貴。我覺得，更加值得敬佩的，是他在深厚鄉土情結的基礎上，立足鄉土但又超越鄉土本身，勤奮地累積文學修養，獲得穿透力和想像力，探尋並呈現人性閃亮的東西。楊建英熱戀故鄉，熱愛生活，用手中的筆抒發內心真摯又深厚的情感，散文集《那當兒》裡他深情地回味咀嚼家鄉春天的味道；寫盡了一對年輕夫妻「周」房子的苦與樂；寫出了昔日年夜飯的魚肉飄香及姥姥家唱大戲的樂趣；他更用筆為四十多年來家鄉的變化引吭高歌。他描繪童年的朋友成為中小企業總經理，開了BMW的喜悅，讚頌村裡座座新樓拔地而起的鄉村新貌……楊建英用赤子情懷書寫家鄉的往昔與變遷、悲苦與歡樂，心甘情願地為宣傳家鄉的歷史與今天筆耕不輟。

楊建英的每一篇作品都詮釋著他廣博深厚的知識學養，更展示出他的家鄉情懷。《那當兒》是散文集，卻有詩歌的美韻、詩歌的意境，浸透著深深的鄉愁與濃濃的親情。

八千里路雲和月，萬丈紅塵情與歌。作為同鄉，品讀楊建英氤氳著鄉土氣息的散文，倍感親切。期待建英回到久別的家鄉，我們在水渠邊、槐樹下，執手說鄉情，把盞話桑麻。

第一輯　流年碎影

土炕

一

一世為人半世在床。不用問，這話一聽就知道是南方人說的。因為南方人都睡床，而北方人大多睡炕。

睡床的人比睡炕的人總透著那麼一點精明與高雅，這不是胡說。你看各自的「睡眠心得」就不難得出結論。

睡床的：樓頭風景八九月，床下水雲千萬重；床前明月光，疑是地上霜；一窗明月半床書，等等。

睡炕的：三畝地，一頭牛，老婆孩子熱炕頭；上炕認識女孩，下炕認識鞋；傻小子睡涼炕，全憑火力壯等，孰優孰劣，一目了然！

當然了，如果僅憑幾句話就分出床、炕高下，那也太過於草率了。難道睡床就形而上，高雅，睡炕就下里八，低賤？話可不是這麼一說。就拿「床前明月光」來講，當年李白或許就是躺在土炕上寫的，專家論證詩中的床，指的是胡床。

土炕是大地抬起的一部分，睡在炕上就是睡在大地上。接地氣，承文脈，通人世。如此說來，所謂床與炕的高下之分，就有些荒唐了。

二

我是睡炕長大的！

我對土炕有著戀母般的情愫。畢竟從母親的胎盤上下來，就直接躺到土炕上，一躺十八年。

說老實話，近年來寫鄉土文章，我一直躲著這個題材。矯情一點說，我有點捨不得寫它。我覺得這是歲月留給我的一粒糖果，像小時候那樣，在實在饞得不行的時候，才偷偷取出，在嘴裡含那麼一下子；之後，趕緊吐出包好，放到時光的衣角深處。像村裡人把好東西都藏在炕上；像米魁元把派克金筆藏到炕角（參看拙文〈村上椿樹〉）；像準備蓋房的夫妻二人，每晚只有躺在炕上才敢設想未來（參看拙文〈「周」起一座房要花多大力氣〉）；像村裡的婆姨們把衛生帶之類的私密物品洗淨包好壓到炕席底下，而從不敢晾晒在陽光下……一切貴重的、隱私的、幻想的都藏在炕上。土炕啊！你承載的絕不僅僅是睡眠，還有夢香與夢想！

三

我是睡炕長大的！但對土炕的搭造不甚了解。

大馬村會盤土炕的有幾個人，他們有的是泥瓦匠，有的不是。這好像是一門祖傳的技術。有的人擅長盤炕，盤的炕結實耐用，順煙通暢，一燒就熱，省柴省煤。與「一世為人半世在床」相仿，我們村則是一戶人家半間是炕。那年月，村裡除了赤腳醫生的醫務室、小學老師宿舍、學生宿舍有床以外，全村百分之百都是一炕當家。

這些炕，差不多都是大隊盤造。下此本錢，為的是每年掏取各家的炕灰——這是上等鉀肥。由此說來，農民們睡眠時也在種地。

炕一旦盤好就一睡多年。炕席舊了換炕席，炕坯塌了換炕坯，很少見誰家隔三岔五地拆炕重建。炕在，家就在。炕才是大馬村人的安身立命之所。

炕整頓了家庭秩序。一家人，誰睡在什麼位置都是固定的。炕頭熱，睡老人或是主人；炕尾涼，睡小朋友。有女孩的，姐姐大了搬到別屋，妹妹或弟弟填補她的位置。很少見一家人今天北頭，明天南頭地亂睡。汪曾祺有篇寫方位感強的文章，說老兩口在炕上睡覺，妻子嫌丈夫擠著她了，就說「你往南邊去點」。若不是位置固定，這深更半夜，黑燈瞎火，不清不楚的，太太如何準確判斷方位？

——絕了！

我家是北房，炕是南北走向。靠近北邊有一個小炕洞，作為燒炕之用。只在三九嚴寒的夜晚，燒一捆秸稈或者一筐玉米瓤，待灰燼未滅之時，埋進幾塊白薯或馬鈴薯。單等第二天清晨，探身扒灰，取果剝皮，趴在被窩裡大快朵頤！而平常日子為炕加熱就靠炕前的爐子。

這種爐子很低，離地只有兩塊磚高，俗稱「地蹦子」。它是在地下挖一個深坑把爐子砌進去的。這個坑俗稱「爐灰坑」。這種爐子爐膛很大，爐口極小，所謂「裡面蹲條狗，上面伸隻手」。爐子與炕相連，形成爐洞。連接處用一塊磚：抽出來，燒炕；推進去，做飯。爐洞內安放一個小瓦缸，放滿水，借著爐火熱力形成一個「土過水熱」，二十四小時熱水，洗臉洗手全靠它。它有一個好聽的名字叫——溫壇！（我時常把一些未成熟的青澀柿子泡進溫壇去「濫」，沒幾天就香甜可口了。）

因此，土炕是一套完整的農家休眠、取暖、炊洗、會客、聚餐、學習的系統，而不只是睡覺那麼簡單。

這鋪炕我一睡十八年，多可喜亦多可悲！

四

自從我記事起，奶奶就癱在炕上。她睡在緊北頭，也就是炕洞的上方。所以，每到冬季每天燒炕的重任就由我來承擔。

我那時還未上學，每天挎著個小籃子或背個小筐，到處撿拾柴火。秸稈燒完了，就去偷「玉米瓤」，實在沒轍了，就到秋翻地裡撿拾「炸頭子」（玉米根），摔乾淨上面的泥土，這東西還很耐燒，火力強大，只是撿拾起來很費力。

鑒於我的卓越表現，以及沒上學，每天在家玩，所以奶奶極為疼愛我。每當媽媽上班，哥哥上學，家裡就剩我和奶奶時，這個半癱的老太太絕不閒著。要不，讓媽媽打一盆糨糊，她坐在炕桌前用破布糊袼褙；要不，就用細高粱稈比著一個大瓦盆，在上面用針線穿鍋拍子（鍋蓋）；要不，就戴著老花鏡，腿上墊張白紙，小心翼翼地認針線，補衣裳、襪子；要不，就給我講故事（可惜我都沒記住）；要不，就拿來炕角的小包袱，分享一塊叔叔姑姑給她買的糕點。（這才是當時我最期盼的事情）

這是位愛逞強的老太太。只是，當時展示給我的是她的衰老與無助。而有關她的更多傳奇全是長大以後爸爸告訴我的。

日軍侵襲時，爺爺生病「患瘧疾」，躺在炕上死去活來。一家人生活無著即將餓死。奶奶蒸了一鍋饅頭留給爺爺，就跟著幾個同伴南下，偷販一些洋火、洋菸等貨物。

據說當時販運一種洋襪子，這東西和現在消防水帶一樣，纏在腰上。誰買，就比著大小剪上兩段，回家用針線把一頭縫好就能穿了。在過封鎖線時，還曾遭到日軍機槍掃射。要知道，奶奶可是一雙三寸金蓮的小腳啊！

現在，這位老太太雖然半癱了，卻依然表現出她的勇毅。儘管媽媽給她在屋裡準備了便盆，但她拒絕使用，更不讓哥哥們背她。而是拄著拐棍，扶著牆艱難行走，自己去上廁所。每次我們給爸爸寫信，她總是說：「讓他別惦記，我挺好，讓他好好工作吧……」

西元一九七五年農曆正月十二的夜裡，奶奶咳嗽不止。媽媽預感到那天可能要出事，就把一直睡在奶奶身邊的我，調到了炕中央，而她緊靠著奶奶。

大約三點多，奶奶忽然坐起，呼喚著我媽：「祥的媽，你替我洗洗腳吧！」

媽媽詫異萬分，這老太太從來不讓任何人看她洗腳。每次洗也都是看我媽為她準備好了水就說：「你出去玩一下吧！」

今天這是怎麼了？

懷著恐懼與疑惑，媽媽為她洗完腳，又用開水泡了一塊點心餵她吃了，然後服侍她躺下。

奶奶粲然一笑說：「你也休息吧！」

又過了大約一個小時，奶奶一聲巨咳，猛然坐起。媽媽急忙開燈，鮮血已從奶奶的嘴角、鼻孔、眼睛流出……

奶奶走了。

五

三天後，出殯。

在墳地，按照大馬村的風俗，有人用鐵鍬在墓坑四個角各鏟了一點土，大哥撩起衣襟跪接了。之後，我陪哥哥返回家中，分別放置在炕的四個角處。完事，哥哥拍拍衣服就出去忙了。

家中就剩我一個。站在空蕩蕩的屋中，這時我才注意到奶奶睡覺的位置。鋪蓋早已被人捲走焚燒。因為常年被褥覆蓋，見不到陽光，這塊炕席已經黑黃。

再仔細看，竟能看出奶奶蜷曲瘦小的身影。一時間，我感到了悲傷。

老實說，或許是年少無知。從奶奶過世到出殯，我竟然沒有哭過一聲，也未感到過悲哀，相反，卻天天處於驚喜興奮之中。入殮、守靈、傳燈供飯、置辦喪宴，出殯下葬等，處處新鮮不已。而此時，面對炕上的黑影，我如大夢初醒。慈祥可親的奶奶、白髮蒼蒼的奶奶死了，真的就再也見不到了！

一股巨大的悲哀從心頭衝起，我一頭撲到炕上：

「奶奶——！」

母愛

一

大鬍子張紀中斥資億元重拍了古典名著《西遊記》，沒得好，反招罵名。惹得老張在網路上與網友對罵：「沒教養！」「愛看不看！」……

老實說，新《西遊記》從場景、化妝、服裝、特技上，比舊版要強很多，可就是不好看，也是事實。

新版我只看了半集——紅孩兒那集。那還是陪我兒子把它當成卡通看的。舊版，看了多少遍？說不清了。

我家沒有上學的學生，可每年寒暑假是什麼時候，我大致能判斷出來。呵呵，那就是各電視臺集中播放舊版《西遊記》的時候。

和許多家庭一樣，我們家的遙控器大多時候都控制在我妻子手中。這人看電視沒有固定喜好，選臺，從頭翻到尾，再從尾翻到頭，大半個晚上就過去了。但也有例外，那就是：當翻到有舊版《西遊記》播出時，她都要停下來看，不論哪個語言版本都看。

現在讓我們疑惑不解，也讓張紀中疑惑不解的問題是：舊版比新版到底強在哪？或者說，新版比舊版到底差到哪？

那天，我無意中重溫了舊版第五集《唐僧救猴王》，接著，又找來新版，新舊對比看了一下，才似有所悟。

齊天大聖因「聚眾鬧事」「擾亂公共秩序」（大鬧天宮）、「怠忽職守」（私放天馬）、「偷盜」（仙丹、仙桃）、「殺人」（打死天兵天將）等罪名，數罪並罰被判無期，壓在五指山下。終於熬到了唐朝，李世民因為要上馬「西天取經」，急需人手，「項目前方總指揮」觀世音推薦了老孫。於是，無期改有期——五百年，得以釋放。

唐僧救出悟空，師徒相認，共圖取經大業。當晚，夜宿民宅。唐僧看到悟空赤身裸體實在不成樣子，就用悟空打死的老虎皮為他縫製衣裳（虎皮裙）。

這一段表現得尤其精彩！

昏暗的油燈下，唐僧一針一線，密密縫製；悟空掌燈照明，一幅〈慈母線、遊子衣〉的幸福圖景躍然畫面，令人觀之動容。老孫天上地下，哪裡沒去過？什麼人沒見過？但這幅圖景怕還真是沒有見過的。徐少華（唐僧）恰到好處的「母性表演」，破除了人與獸、師與徒的隔閡，縫出了感情，西天路上他們將相依為命，永不分離。

在《三打白骨精》那集中，悟空一氣之下回了花果山。唐僧遭難，八戒去請他。老孫一把抓住八戒的手說：「呆子！我老孫身在花果山，心隨取經人！」此時，他的眼中淚光閃閃。

在我的老家，人們罵一些不肖子孫，常用這句話：「難道你不是人生父母養的？難道你是孫猴子——石頭裡蹦出來的？」

此刻，在唐僧身邊，這個「石頭裡蹦出來的」孫悟空，身穿師父縫製的虎皮裙高興得手舞足蹈，一股暖流使他的眼裡閃動著孩子般激動的光芒。

同樣的情節在新版「西遊」裡卻處理得過於簡單。師徒二人，一個躺在樹下，一個掛在樹上，各想各的心事。雖然也有唐僧為悟空添衣的情節，但粗獷的「大鬍子」比起細膩的楊潔導演來，還是矮了一截！

觀眾觀劇看的是人，更看重的是情！沒有情，只靠一些拙劣的電腦特技是不行的。因為情中蘊藏著文化涵養、道德修養、藝術素養呢！

二

「項脊軒，舊南閣子也。室僅方丈，可容一人居。」（歸有光《項脊軒志》）

四百四十年前，一篇七百八十九字的精緻小文，至今令我愛不釋手。每當心情煩亂之時，不想看書，不開電腦，我都會找一張白紙，把這篇美文恭恭敬敬地默寫下來。

這是一篇寫人、記事、言情之至文。至者，極品也！

歸有光，字熙甫，號震川，明正德、嘉靖時期人士，一生著作繁富，卻以散文名世。《寒花葬志》、《項脊軒志》等文如一泓甘甜的泉水沁人心脾。貌似平常的細節和場面，寥寥幾筆，形神即現，在平淡簡樸的筆墨中，飽含著感人至深的真摯感情。

文中，有這樣一段描寫：作者站立院中，聽老保姆對他說：「我站在這裡，你母親站在那裡。你姐姐在我懷中哇哇地哭，你母親用手叩門問：『兒寒乎？欲食乎？』（孩子是冷了，還是餓了？）我在門外一一向你母親回答……」話沒說完，作者哭了，老保姆也哭了。

接著作者又回憶在家中讀書時，母親常來看他：「我的兒子，好長時間見不到你的影子，怎麼天天坐在這裡？像個女孩似的！」過了不久，母親又進來，手裡拿著一個笏板說：「這是你祖父在宣德年間上朝用的，今後，你也會用到它。」

寫此文時，物是人非。「瞻顧遺跡，如在昨日，令人長號不自禁。」母愛之光——震古鑠今！

三

兒子是母親身上掉下來的肉。

親眼看見家鄉一個虐待父母的不孝兒子被警局員警帶走，為母的在寒風中呼喊：「你們放了他吧！放了他吧！……」

曾仕強講《胡雪岩》，其中一節很有趣。胡雪岩出外經商，數年不回，也不寫家信。家中老母親以為他死了。多年後他突然回來，老母親又喜又恨，決定動用家法制裁這個不孝的兒子。胡雪岩跪到母親跟前僅說了一句話，老太太就怒氣全消了。胡雪岩撒嬌似的指著自己的頭髮說道：「母親！您看我都有白頭髮了。」

多年前曾聽到一位老石油工人說，那時候，這地方冬天冷啊！他寫信回家說：「母親，我冷！」他母親替他做了條棉褲寄來。絮了多少棉花，不知道！打開包裹，取出棉褲，抖直了，那棉褲居然能「站」在地上！

整個一九六〇年代，他都是穿著這條棉褲，度過了一個個寒冷的冬天。

四

多年前，我在廣播學院學影視編導，曾寫過這樣一個「作業」。

夜晚。燈火輝煌的酒店。

一個年輕有為的CEO（執行長）為慶祝簽約成功，頻頻舉杯，得意揚揚。

深夜。醉醺醺地回到寓所。一頭扎到床上，昏睡。

半夜。電話鈴響。

CEO（睡眼朦朧）：「喂！誰啊？」

遠方。偏僻的小城。一位花白頭髮的母親（深情地）：「兒子，是媽媽呀！」

CEO：「哦，媽媽，有事嗎？」

母親：「打了一天電話，你都不接。今天是你的生日呀，兒子！」

CEO（極不耐煩地）：「哎呀！媽媽！這麼晚了，你把我從床上叫起來，就為了說這件事？」

母親（淚花閃爍）：「兒子，二十八年前，也是這個時候，你把媽媽從床上折磨起來了……」

老家賊

我要說的是麻雀這種鳥，而不是我們老家的什麼盜賊。可是，麻雀在大馬村確實被叫作「老家賊」。這或許是因為牠偷食糧食。大家知道，民以食為天，偷糧食就是偷天。從這個角度看，麻雀的罪過和竊國大盜袁世凱差不多。

您別看麻雀被稱作老家賊，但我覺得這是對牠最大的褒獎。一個人也好，一隻動物也罷，一旦被冠以江湖諢名，就像《水滸傳》中的那些英雄一樣，不枉此生，像什麼「豹子頭」、「草上飛」、「及時雨」等都是如此。雖是這樣，我還是替麻雀覺得委屈。舊時戲班把老鼠叫「灰八爺」、刺蝟叫「白五爺」、長蟲叫「柳七爺」、黃鼠狼叫「黃大爺」、狐狸叫「大仙爺」。這些城狐社鼠都被稱為爺，麻雀這隻空中精靈卻被稱作賊，好像有些窩囊。

然而，麻雀的不幸遭遇，也有著時代的因素。

西元一九五〇年代，人們為了迅速發展農業生產，商定了農業發展條例，決定將麻雀這隻「偷天大盜」與老鼠、蒼蠅和蚊子並列一起確定為「四害」，決定在七年之內予以消滅。

說麻雀是「四害」是有科學依據的。研究顯示：一隻體重麻雀，每天所吃的穀物為牠體重的四分之一。根據這個數字推算，每隻麻雀一年中消耗穀物約三公斤。此外，在野外活動的麻雀，因為終日飛翔跳躍，食量更大，被牠們吃掉和糟蹋掉的糧食更多。

是可忍，孰不可忍！於是一場轟轟烈烈的「滅四害」運動，隨之展開。為此，人們還總結出「轟」、「毒」、「打」、「掏」滅雀四部曲。據統計，從西元一九五八年元月至十二月，共消滅麻雀二十一萬隻。但從西元一九五九年春天起，蟲害開始在全國大爆發。人們分析造成這一現狀的原因，一致認定這是消滅麻雀的惡果。

於是，人們又忙著替麻雀平反，說一年之中，麻雀只在秋天收獲的三個星期吃糧食，其餘的四十九個星期都吃蟲。論捕捉害蟲的效果，一隻鳥比我一百個人還要大。因此，世界各國的動物學家都認為麻雀是益多害少的……

好了，暫停吧！

談論歷史的是非功過不是我寫作本文的初衷。之所以要說道這些，原因是，一個時期以來，我撰寫了許多思鄉憶舊的文章。一開始我覺得這很簡單，村東的碾子村西的磨，村後的菜園村前的河，想起什麼就寫什麼，簡單至極，可是越往後寫越覺得距離真實的故鄉越來越遙遠。

表面上看村莊可由田野、民居、牲畜、農人來建構，但這些過於表象化、符號化的東西又極具欺騙性。其遠不如天空的一隻飛鳥、河裡的一條小魚、傳言中時常鬧鬼的一個所在、一口兒時的老味道來得真實可信，更使我接近故鄉。

如今，一隻小麻雀飛入我的視野，我就興奮不已。

從打量故鄉的視角來說，麻雀在空中俯視有如「航拍鄉土」，對故鄉可以獲取更加立體的感知；此外，俗話說「麻雀雖小五臟俱全」，有五臟牠或許就有人的情懷。而「解剖麻雀」是世之公認的透過剖析具體典型，從中找出事物規律的閱世方法。

那麼，好！思鄉憶舊，我們就從一隻麻雀開始吧！

我不敢說所有飛翔於大馬村上空的麻雀都是我們村的。有的可能是鄰村的、路過的。牠們輾轉於叢林庭院，集結於穀地麥場，總是成幫結隊，很少離群單飛。落地嘰嘰喳喳，啄食穀粒；稍有動靜則轟然而起，喧鬧震天。

本村麻雀，定有所居——張家棚圈、李家屋簷，根本不在樹上做窩，更是很少夜宿林梢。所以謂之「家雀」，其來有自。人大招風，樹大招鳥，麻雀是一個村莊的精氣神。有時看一個村子的生氣，只需要看一眼村中的飛鳥即可。「沙鷗翔集」這是何等的繁榮，「千山鳥飛絕」又是何等的淒涼。

當然，村子裡飛翔的也不只是麻雀一種。燕子、鴿子、黃鸝、斑鳩、老鴰、布穀、貓頭鷹等，也都隨季節嬗替悠游，浪人一般，來來往往，沒有規律性。只有麻雀，一年四季與這個貧困的鄉村相依相伴，用瘦小的身影餵養著村落飢渴的天空。

是的，這只是形式、精神層面上的對飛鳥的認知。其實飛鳥的內涵遠不止這些。

近年來，我在閱讀方志與史料中經常會看到「鳥徑」一詞。如「南北鳥徑十公里，東西十五公里」。這是智慧的前人對那些偏僻荒涼、「人行徑無里制」——還不會用公里計算人行道路的所在而採取的計數方法。大約「人徑」四倍於「鳥徑」。這也不難理解，只需想一想陸路和航空的差異即可。

還有就是，飛鳥事關環保。曾讀到一篇趣聞：說開放之初，各地紛紛招商引資。老外來了，考察合資開工廠事宜。地方官員把老外帶到開發區。老外說：「聽說這裡原來是一片樹林，還有許多鳥。」官員興致勃勃地介紹說：「是的！我們經過嚴格審批，砍伐了樹木，做好了『三通一平』。」官員極負自信。老外隨後一句，官員頓時傻住了。

「那原來這裡的鳥飛哪裡去了？牠們過得都好嗎？」

還是說說麻雀之於大馬村的意義吧！可熱鬧了，略記二三！

一、別看現在我正襟危坐，道貌岸然地述說著麻雀的前世今生。可小時候我眼中的麻雀是一道美味，堪稱「舌尖上的大馬村」。

在那個一年到頭少見葷腥的年代，村中的有才能的人可以扛上獵槍去「打貓兒」（打野兔），我們只能垂涎於這些飛鳥，目標鎖定麻雀——老家賊！

彈弓打是一種方法，但產量極低；冬天下雪用籮篩扣，那只是一種遊戲，村裡的小孩最擅長的是「紮老家」這種「產玩」結合的實用行動！

自行車車輪輻條磨尖，綁在竹竿上。夜晚一群小朋友手持電筒，遊竄於各家耳房、棚圈。橫梁檁條間麻雀棲居於此。強光鎖定，鋼釺刺扎，穿糖葫蘆一般，一晚上可獵獲二三十隻。回家，放之大盆。燒一壺開水，臨頭澆下。褪毛開膛，少頃，鮮肉瑩瑩。清燉、紅燒、炸肉丸……別說饑荒年代，就是此刻想起也是滿口流涎。

二、大馬村村西是果園，盛產桃李，成熟時節，桃鮮李紅杏花黃，是我等小毛賊的丟魂之地。然而，我們的剋星——村中的護園人許七爺，「老奸巨猾」。那日，「前哨」探來消息，許七爺正在窩棚睡覺，草帽遮臉。行動！小孩們進園剛要摘果，忽聽一聲斷喝：「做什麼呢！」似晴天霹靂，許七爺從天而降。一群孩子魂飛魄散，束手就擒。押至窩棚才看清，床上躺的竟是個假人。許七爺面帶得意之色，燦然而笑說：「小家雀還想鬥得過我這老家賊，姥姥！」

三、村中看場院的盲人「尤瞎子」是個身障人士。村裡安排有專人照顧他，本可以安享清福。但他不願這麼混吃等死，還要積極工作。

那就看場護院吧！

盲人看場聽似笑話，其實不然。普通人的五官一官不濟，其他器官就特別發達。尤瞎子曾用耳朵聽到大風之夜，養豬場的豬跑出了豬圈；也曾用鼻子聞到麥秸垛旁脫粒機電纜跑電冒火星，成功避免了一場火災……

鑒於尤瞎子的特殊貢獻，那年開村民大會，老書記黃祥特別表揚他，身殘志堅，愛村敬業，並讓他給大家說幾句。一陣熱烈的掌聲之後，他緩緩站起，激動地說出一句令人捧腹的話來：「老天爺餓不死瞎家雀！」

打貓兒

最近得知，我家鄉所處的地區文化深厚，這引起了我的興趣。可能當年在老家時，一是住的時間太短，二是年齡也太小，所以我對這些事沒有太多在意。現在，我忽然發現：真是這麼回事！

記憶中，村子裡許姓家族很特別，其實，仔細觀察這些人與普通村民倒沒有什麼兩樣。上小學時我的同桌許二狗子上課搗亂，老師氣急了說：「叫你的家長來。」二狗子說：「我爸在大灰廠上班回不來，家裡只有我奶奶。」老師說：「奶奶不行！你媽呢？」我說：「他奶奶就是他媽，他稱呼他媽叫奶奶。」老師聽得一頭霧水，一揮手：「什麼亂七八糟的！」

再者，就是逢年過節，他們拜年請安挺有意思——男人拜年「撿磚頭」（屈膝垂手），女人拜年「肚子痛」（手捂肚子道萬福）。其他的，就真的想不起什麼了。

至於為什麼把兔子叫作「貓兒」？原來這裡的「貓膩」（藏有不可告人之事）還挺多呢！

據王世襄先生說，早年，人們言辭講究雅致。（這一論斷，在老舍先生的書中也能得到驗證。比如：在《正紅旗下》中，老舍就說他的大姐的婆婆——一個惡俗、刁鑽的老太太，就經常喜歡說「大概其」三個字，原因就是裡面有個「其」字透著文雅。）人們喜歡把許多聽起來不雅的詞彙找別的詞替換掉。例如：他們嫌雞蛋中的蛋字不雅，所以就把雞蛋稱作「雞子」、「白果」、「木樨」（也被寫作「木須」）等。有道名菜「木須肉」說白了就是雞蛋炒肉。那為什麼把兔子用貓給換掉呢？是他們閒得「木樨」疼嗎？非也！非也！

「兔子」這個詞，是在世界文化中也不是好詞。通常被用作男性的同性戀者（gay）的代名詞。此外，在古詩詞《木蘭辭》中也有「雄兔腳撲朔，雌兔眼迷離；雙兔傍地走，安能辨我是雄雌！」這種不分性別的曖昧表述。

兔子這種動物被形容不正經是有原因的。雌兔善於繁殖，牠們沒有月經，幾乎隨時都可以交配、受孕。所以，「美國」的色情雜誌《花花公子》也用「兔女郎」做代言。您看看，這是什麼東西，怪不得惹得文辭講究的人們不待見呢！

在《雍正皇帝》第二卷《雕弓天狼》裡，有一個很不起眼的小故事：有一天，雍正帝去給太后請安，看到自己的大姐十七皇姑和即將出嫁的女兒明潔公主也在，而且女兒顯得鬱鬱寡歡、悶悶不樂，就皺眉問道：「你怎麼了？愁眉苦臉的樣子？」明潔公主憋紅了臉，欲言又止，只能默默流淚。正當雍正帝莫名其妙的時候，熱心快腸的十七皇姑站出來為侄女解釋：「去年你給他指了那個武探花哈慶生，竟不是個東西——聽我女婿說，姓哈的這王八蛋先在福建當守備，就養了三四個童子小廝，啐！他原來是只『兔子』！我聽見嚇一跳，細打聽，他爹、他弟弟——竟他娘一窩兔子！」

然而在大馬村，我們喜歡兔子喜歡得要命。因為牠確實能滿足我們美好生活的需要。在那個缺油少肉的年月裡，一隻野兔帶給我們的享受使生活幸福多了。

滷兔肉那叫一個香啊！

我們大馬村靠近山區，丘陵不少，灌木蔥蘢，雜草叢生，因此野兔、野雞等野味挺多。像小河豐富的地區人們喜歡釣魚一樣，這裡的人們喜歡打獵。

自古打兔子有兩種方法：一是守株待兔（下套子、夾子等方法都屬此類），二是獵槍捕殺。前者收穫機率太低，後者融旅遊、徒步、射擊、娛樂於一體，倍受歡迎。

雖說，那年頭對私人獵槍管得不嚴，更無生態保護意識，但是村子裡能玩得起的人也不是很多，一般都是在都市裡工作的工人，獵槍都是自製的「鳥銃」。他們有時間，也有閒錢。休息日，小包一挎，獵槍一扛，小菸袋一叼就出發了。

他們大多逡巡於村西邊的荒丘土嶺。秋後，這一帶田間地頭堆滿了莊稼稈，這裡邊會隱藏著許多「野貓兒」，一旦被驚擾奔逃，獵人們就會迅速舉槍射擊。有句邂逅語叫「摟草打兔子——捎帶著」，說的就是這種不可期待的驚喜感。槍打出的都是鐵砂、鋼珠，成扇形發射，傷及面很廣，一般很少失手。「打沙子槍」現在已成為廣義的代名詞。野兔拿回家，皮可做帽子、手套，兔肉可紅燒、清燉。只是處理起來格外麻煩，因為肉裡全是鐵砂。「打牙祭」是這項活動的總稱，它為當年那種苦澀的生活注入了甜蜜和樂趣。雖如此，但誰都沒有指望靠它過日子。村裡有句老話：「三十打兔子——有牠過年，沒牠也過年」說明了這項活動的休閒性。

我們村稱呼打獵的都叫「打貓兒」的，根本不管他們一天實際打到了什麼。山雞、野兔、獾豬或者幾隻斑鳩、幾隻「老家賊」（麻雀，那年頭這些都屬「四害」）都可統稱為「貓兒」。總之，他們出去轉一天不會空手而歸（不像有些釣魚的，釣不到就到魚市去買）。這是因為，早上出門，槍就上了膛。槍管裡灌滿鐵砂，槍膛裡塞滿黑火藥，這一槍必須打出去，否則容易出事，這是這一行的規矩。

我本家的一個堂叔就是位「打貓兒」愛好者，小時候沒少吃他家的兔肉。前兩年回老家曾特地去探望他，老頭子八十多歲了，精神尚可。我逗他說：「還打貓兒嗎？」

他笑了：「打不動了，槍早就收了。再說，哪還有貓兒呀？現在到哪都是人。」我說：「跟我到山裡去打吧！那邊的『貓兒』多得是。」他一聽連連擺手：「別打，別打，千萬別打！」接著，若有所思地像是對我又像是自言自語地感嘆：「唉——！貓兒都打光了、死絕了，人又能好過到哪去？」

小賣部

一

大馬村人習慣把小雜貨鋪叫「小鋪」或「小賣部」。「小邁步」（小賣部）的出現，著實使我們村的文明進程「大邁步！」

當年農村的商貿點很匱乏，買個東西什麼的要麼去良鄉趕集，要麼就去設有小賣部的鄰村交易。村東的習慣去南尚崗村，村西的去果各莊村，把本村莊的地位大大打了折扣。

一個小賣部有那麼大的威力嗎？

我們先不說這個。先聽一首當年的〈新貨郎〉：「……打起鼓來，敲起鑼，推著小車來送貨。車上的東西琳琅滿目——有學習的筆記本，鉛筆鋼筆文具盒，女孩喜歡的小花布，小男孩用的圍巾，小孩用的奶嘴，撓癢癢的『老頭樂』……」

喜氣、樂氣、洋氣，只不過是個推車賣貨的就「賣弄」成這樣。若是依照現在的管理規定，這種流動攤販要不被驅逐才怪呢！不過，也用不著擔心，這些人聰明至極。自始至終都沒說自己是賣貨的，而是「推著小車來送貨」，嘻嘻嘻……

我們村的小賣部實際成立在哪一年，我記不清了。只記得它設在村中央、外還戶許萬勤的三間坐北朝南的空房子裡。

屋子中央是用磚砌成的曲尺形的櫃檯，檯面不是木板，而是一塊平整的青石板。（我一輩子都記得那塊石板，它對我的傷害是刻骨銘心的，後面詳說吧！）

櫃檯後面是一排貨架，牆角是兩個大水缸：一個盛醬油，一個裝醋。它們散發出的氣味是僅次於街頭廁所所能帶來的嗅覺標幟。無論天涯海角，無論時隔多年，只要呼吸一口，瞬間就能回到童年。

貨架上的貨物遠比「新貨郎」的車上多：針頭棉線鬆緊帶，油鹽醬醋糖與茶，這些都是常備，用不著多說。還有一些奇怪的東西，令我恐懼萬分——我曾在櫃檯下面發現死人穿的壽衣與頭枕的蓮花枕。

小賣部，是市場經濟活動中規模最小的零售單位，主要出售糖果、點心、冷飲、菸酒、日用品等。它的設立，著實使大馬村沸騰了。浮在最表面的「水沫、浪花」當然是村裡的小孩子們。買東西對孩子們來說，這是最美的差事了——

他們提著瓶子去打醬油、醋。

他們端著盤子去買臭豆腐、醬豆腐。他們拿著碗去買芝麻醬、黃醬。

他們偷家裡的雞蛋去換糖果、爆米花。

他們省吃儉用賺錢去買散發著水果香味的橡皮。

……

小鋪的設立，使得從不關心家庭生活的孩子，時刻關注著家裡任何一絲可能發生購物的動向，一旦有錢便會飛奔而去。他們在購物中學會了勤儉運籌（因為家長說買剩下的錢歸他們！），學會了加減乘除，學會了經營人生，一個小賣部堪比一所學校。

有關小鋪購物的情景永遠是我懷舊的蜜糖。

小孩子們打醬油的行為，在相聲中說：「一個人談了八個對象都沒看中，後來一想還是第一個好；結果，找過去才發現，人家孩子都會打醬油了。」這生動的表述一直蔓延至今。時下，氾濫於網路上的「打醬油的」、「吃瓜群眾」等語言都是其身影。

您以為打醬油這件事那麼容易嗎？

我媽說：「快，拿瓶子到小鋪打醬油，等著要用呢！」

按照囑咐，一路上碎念著醬油、醬油，生怕記錯！但這種記憶方法最容易出事。

到了小鋪，人家問：「是買醬油，還是醋？」

「啊？買什麼來著？是醬油醋吧？」

「把瓶子拿來！」店員接過瓶子聞了聞，灌了醬油。

一路小跑，還時不時地呡上一小口。買貨吃貨是那時孩子的普遍特性。記得曾有家長端著芝麻醬碗找到小鋪，說是已經秤過了——缺斤短兩，要求複秤。售貨員不慌不忙地趴在櫃檯上笑咪咪地問：「您的孩子，您秤過了嗎？」

二

小賣部帶給孩子們是無盡的快樂，帶給大人的是什麼就很難說了。雖然那個年月商品大潮還遠沒襲來，但是，這股小商品的溪流已經奔湧而來，衝擊著大馬村每家每戶並不堅實的柴扉。

當家男人們感到了空前的壓力！

以前購物，要麼趕集，要麼到鄰村，小包一裝提回家便可，還都是很私密的。可如今，店開到了家門口，村裡家境稍好一點的人家，便時常打發孩子，掂盤子、端碗，大包小袋，招搖過街，炫耀著財富。此外，一旦小賣部上了新貨，比如：來了新頭巾、鮮糕點（蛋糕、桃酥、炸排叉、江米條等），不給妻子來一條？不給老人秤幾塊？等等，這一切都在挑戰著當家人的腰包與尊嚴。

小賣部這根經濟小槓桿，將原來四平八穩的村莊撬動得有些傾斜了！一些匪夷所思的事件圍繞著小賣部展開。我在〈大馬村紀事〉一文中，曾寫過村民李五與王四打賭吃月餅這件事。前提就是因為小賣部就在身邊，還可以賒帳。巨大的美食誘惑與聚賭刺激，使得他們鋌而走險。

「……王四很快從小賣部拿來一公斤頂部印有紅圈的『自來紅』月餅，一共十幾塊。李五一口氣五塊就下去了（前兩塊基本上是嚼都沒嚼直接咽下去的）。吃第七塊時，李五說：『牙不太好，能不能不吃裡頭的冰糖。』王四說：『可以。』吃第八塊時，李五伸出的手青筋繃起；吃第九塊時，他雙眼充血；當他顫抖著將手伸向第十塊時，全場鴉雀無聲，人們害怕了，這是要出人命呀！」

…………

好了，這些慘痛的往事還是不要再提了。

說說發生在我身上的傷心事吧！

那年，我的田格本用完了。我跟家裡要錢，我媽說沒錢，就給了我一個雞蛋。當年，雞蛋是農村的等同於黃金的「實體貨幣」，油鹽醬醋全靠它。大馬村的 **GDP** 就是雞的屁股。

我小心翼翼地握著雞蛋來到小賣部，想把雞蛋放到櫃檯上。可能櫃檯太高，我太矮，也由於太緊張，手裡出汗，雞蛋黏在了手上。我以為放穩了，結果手一抬，黏在手上的雞蛋又脫落在那塊石板上，就聽「啪」的一聲，雞蛋碎了，我的心也碎了。

當時小鋪裡還有幾個人，他們都笑了——我能聽出那是嘲笑！

我強忍淚水，收拾殘局。碎雞蛋人家根本不收，可就這麼扔了又太可惜——那畢竟是珍貴的雞蛋呀！再說，也把人家的櫃檯弄髒了，售貨員一臉的厭煩。怎麼辦？我只好墊起腳，把嘴湊近櫃檯邊沿，用手把散黃的蛋液滑進嘴裡，合著奔湧而出的淚水，一口咽到肚子裡！

想良鄉

一

我們村的老人都把良鄉叫作「縣」，把去良鄉叫作「上縣」。

村西頭王樹德他母親——王老太太活著的時候，人們便三不五時看到她收拾一新，挎著個小竹籃，顛著一雙小腳到良鄉看她聘在當地的老丫頭去。

村人見了總是要問：「大媽，您要去哪呀？」

「縣——去！」王大媽頗為自豪地說。

一來二去的村裡便多了一條歇後語「王老太太上良鄉——現（縣）去！」

「現」這個字，在我的家鄉可不是什麼好字眼。幾分張揚，幾分調侃，有丟人現眼的意思。對此，我的鄉親們可不在乎。良鄉是我們的老祖母，在她面前沒有什麼難為情的——現就現吧！

良鄉古來稱縣，追史怕是要上溯到首開郡縣制的秦朝。有齣傳統小戲《三不願意》說的就是良鄉縣發生的故事。

良鄉的得名，據說是從「人物俱良」一詞取意。然而，我對「此講」不以為然。倒是兒時的一則關於良鄉的謎語時常縈懷。說：用「奶油冰棒」猜一地名，謎底就是良鄉——又「涼」又「香」嘛！

如今，闊別良鄉三十年，每每想到這個詞，頓覺清爽沁心，香氣撲鼻，一股濃濃的思鄉之情將我淹沒。

所謂「人物俱良」的說法，我想應該是民風物產都很好的意思。如果是專指人與物的話，則很差強人意。從歷史上看，良鄉縣境內名人不多。樂毅算一個，賈島算半個，姚廣孝是個陰謀家，孟良、焦贊是戲劇小說中的人物……物的方面也不算太好。三十年前，良鄉聞名天下的物品好像只有糖炒栗子。當然，還有一件東西——名雖不顯，但也算得上遍布天下了。

那年我到外地插班上學，第一天上課，剛一落座，忽然發現同桌女孩的桌上放著一個很舊的鐵皮鉛筆盒。漆面脫落，鏽跡斑駁，打開盒蓋，在九九運算式的下方的一個標幟中，「良鄉文具廠」幾個字赫然入目。同桌說這是她姐姐們留下來的，她有三個姐姐，都已上大學。

後來，我才驚訝地發現全班一半同學的文具盒、三角板、圓規、半圓儀都是良鄉出品。想想，一個縣市的商品能夠行銷到如此荒僻的所在，稱之為遍布天下亦不為過。

我不知這個廠牌今天尚在否，小小的文具，不起眼的文化產品，數十年的行銷已經演繹出一種獨特的「商品文化」。想想：有多少個孩子，正是透過這些不起眼的小東西，描繪出自己的道路，規劃出自己的人生。如此說來，這個廠牌的功績與文化意義就更偉大了。

二

我記憶中的良鄉，農業味十足。除修造廠有幾棟樓房外，其餘都是平房。鬧區是一個被稱作「大角」的所在。以此為中心向東南西北延伸出四條小街，東西短，南北長。沿街建築低矮破舊，與滿街面有菜色的人群相得益彰。這些人大都來自周邊鄉村，趕集購物，逛街散心，蹲在路邊大嚼油餅油條，沒人覺得這是否「現」與「不現」。

天下城池大都有門，不過，在良鄉這些門都被「關」取代。東關、西關、南關、北關，非常端正。偏一點的也特別指明，如西北關。我去良鄉大多從西關進。西關據說早年間確有高大的城門，四周還有城牆。在我兒時朦朧的記憶裡似乎見過那已經被拆除城樓、殘破不堪的高大城牆。稍長，還在良鄉二中西邊的菜地裡，見過一段殘存的牆基。

聽老人們說，早年間良鄉城城門、城牆、護城河俱全。不難推斷這是一座依古制而建的城池。《考工記》中記載：「匠人營國，方九裡，旁三門，國中九經九緯，經塗九軌……」也就是說，打開城門，來自四面八方、十裡八鄉的村民一擁而入，立刻就會上演一場農民盛會；關閉城門，自成一統。

良鄉何時建城，何人建造，又是哪位諸侯王的封地？因手頭沒有資料，無從查考。不過，我倒認為這座小城是這方土地上的農民們精心種植出的一個碩大的「根塊」。

良鄉城自身有一些文物遺存卻極少文化積澱，這從良鄉官方公布的簡介中都可以看出來——「昊天塔、樂毅墓、關帝閣等眾多歷史文物古跡演繹著良鄉鎮悠久的歷史文明。張謝村的高蹺、小營村的小車會等獨特的民俗表演、傳統的民間藝術，積澱了古老文化與現代文明的交融。」談到文化要提到周邊的鄉村，這對良鄉城來說好像也沒什麼難為情的。正如周邊的村民或窮或富都可以在城中瀟灑一樣——相看兩不厭！這座城與這方土地的人所形成的默契是十分驚人的。

對於生活在良鄉周邊的村民們來說，幸福要是不拿到良鄉展示一下，那還叫幸福嗎？

村裡年輕男女找對象，男的用自行車帶著女的去趟良鄉，到餐廳吃個飯；到大角的百貨商店買幾件衣服、幾塊頭巾，選購幾尺花布；到良鄉照相館照個相；浪漫一點的還可以到良鄉三街的電影院去看場電影，也就開始交往了。等到結婚辦婚禮，酒席上的酒肉要到良鄉去置辦，新婚蜜月也是夫妻兩人去趟良鄉逛一圈就算完事。之後懷孕了，算著日子差不多了，男方用自行車把妻子載到良鄉醫院；快過年了，一家三口到良鄉東街新華書店買年畫，到大角雜貨店買「小鐵杆」、「麻雷子」鞭炮，到北街農貿市場買瓜子花生、茶杯茶碗等年貨；孩子上學了，爭取考上良鄉中學……

說真的，我們雖然地處遠郊區，但是，我們這群故鄉的「窮親戚」，真沒什麼好嫌棄的。有人到當地去處理事情，所有的事到良鄉就能解決，有一座良鄉城在身邊，我們——知足了！

三

我們家在良鄉西邊的大馬村，距良鄉城三四華里的樣子。我們村隸屬崇各莊公社即現在的青龍湖鎮，與我們相鄰的村叫小馬村。大馬村地處崇各莊公社東南角，我們家又在大馬村的東南角，與良鄉公社的固村相鄰，與南尚崗村接壤。南尚崗村的人鋤地鋤到最北頭就到了我們家院門。喝口水、抽袋菸、上廁所，都在我家進行。以前兩個地方的村莊都差不多，到後來有了差距。當我們村的年輕人趕著牲口在麥田裡「混地保墒」的時候，外地的年輕人已經騎著自行車到良鄉鋼窗廠上班了。

我時常在想，以我們村緊靠良鄉的區位優勢，自然水土豐富等條件應該可以得到更加快速的發展。為什麼直到如今仍然聲名不顯。「崇各莊鄉」這架馬車為什麼不能讓「大馬和小馬」駕轅、拉套，奮勇向前呢？

四

這話，說起來有小三十年了！我對良鄉的記述怕是現在的良鄉年輕人都不知曉了。

從網路上我看到，自從政府遷到良鄉之後，這個地方就發生了翻天覆地的變化。

大高樓、大廣場、高速路、輕軌……一系列現代符號詮釋著良鄉現代化的蛻變。

被譽為「窮孩子銀行」的廢品收購站還在嗎？

只需花兩塊錢就能洗個熱水澡的澡堂還在嗎？過年買鞭炮、買燈籠的「大角」雜貨店還在嗎？賣小人書、年畫的東街新華書店還在嗎？

用一塊錢買一個燒羊蹄的南街副食商店還在嗎？賣五香瓜子、花生、豆腐絲的北街農貿市場還在嗎？放映過《少林寺》的三街電影院還在嗎？

批發過小豆冰棒的西北關冷飲廠還在嗎？

良鄉二中附近那幾棵千年古柏還在嗎？

破敗殘缺的良鄉塔整修一新了嗎？還能在晴朗的天氣裡，坐在疏可走馬的塔頂「唐僧帽」上一邊吃著魚皮花生，一邊眺望前門樓嗎？

……

魂牽夢繞的良鄉啊！我是多麼地思念你！

此刻，我坐在一個小山城裡寫著這些文字，推斷良鄉的變化，我的這些思念簡直就是夢話。

還好，老良鄉從此不再有，但它會長留在我心中。

唉！什麼時候可以回趟家鄉啊？帶著老婆孩子，收拾行囊，穿街過巷去趟良鄉。路上，如果有人問我：「要做什麼呀？」我想，我會自豪地回答說：「回——鄉！」

咀嚼春天

我上小學的時候，家中的日子過得格外艱辛。正是發育的年齡卻終年缺油少鹽，得不到良好的營養，都十二三歲了看起來還像一隻小蘿蔔頭。所以，即便當時在課堂上學的是最優美的散文——朱自清先生的〈春〉，也絲毫不能引發我的美學想像。我當時滿心地就想著吃。老師在臺上朗讀課文說：「春天像小女孩，花枝招展的，笑著，走著……」我無動於衷。別說「像小女孩」了，就是真的小女孩我都不感興趣。我在臺下只想今天中午母親會給我做什麼吃的——榆錢蒸疙瘩？涼拌柳芽？還是馬齒莧菜團子？為此，直到今天我都認為朱先生這篇文章哪都好——春天怎麼好看、怎麼好聞他都寫了，就是沒寫春天怎麼好吃，這不能不說是個遺憾。

真的，春天的確可以吃！

和時下一些女孩子總盼望著自己能有一副「魔鬼身材」一樣，我當年也一天到晚地盼望著自己能有一個「魔鬼肚子」，這樣就能把春天的生長物都吞下肚去。在我的眼中，春天裡一切出芽的東西都可以吃。柳樹葉子能吃嗎？能！而且味道還相當不錯。

剛拔尖的柳芽採下之後，放到鍋裡煮開，翻幾翻，撈出，再放到涼水裡泡上一宿。等到清水發黃，瀁去黃湯，拈一小片葉子放到嘴裡嚼嚼看不是那麼苦澀了就可以倒上蒜汁、醬油、醋、鹽，再澆上一勺冒著青煙的花椒油，「嗞啦」一聲，一道美味就誕生了。當然，如果窮得連醬油、醋、鹽都沒有也不要緊，從醃鹹菜的缸裡舀一勺老湯放上，同樣別有風味。

有了這盤苦澀的柳芽當作基底，其他的，像什麼榆錢、豆苗、槐花、苜蓿苗、馬齒莧、掃帚苗、蒲公英、薺菜、澇澇菜、香椿芽等「細菜」，做出的飯菜就堪稱真正意義上的美味佳餚了。作家汪曾祺說：「凡野菜，都有一種園種的蔬菜所缺少的清香。」

榆錢飯的做法各地都差不多。把榆錢從樹上捋下來，用水洗得乾乾淨淨，同玉米麵拌在一起上鍋蒸，水一開花就算熟。然後，盛進碗裡，把切碎的白嫩碧綠的小蔥泡上隔年的醃菜湯，倒在榆錢飯裡，吃起來酥香可口——家中老小端起一大大碗公「呼嚕呼嚕」就下去了。或者，熬小米粥時，撒一把榆錢，喝起來甜滋滋、滑溜溜。如若將榆錢用蔥花油攪拌，放少許鹽，烙成煎餅，裹上蒜泥、油潑辣椒，嘿！吃起來香味四溢，非常饞人。

有道是「半大小子，吃死老子」，時下一對夫妻一個孩子都養得力不從心，那年月哪家不是四五個的生，養活這麼多人，榆錢飯也有功勞。

槐花的吃法也可如法炮製。不過，這東西發甜且香氣衝人，許多調料都「鎮」不住，吃起來很容易膩。

豆苗其實就是豆芽菜，不過這裡說的與現如今市場上賣的可是兩回事。它們大都生長在田地裡——就是頭年種過豆子的地，轉年一開春，那些散落在泥土中的豆子發出的芽。一顆顆白白胖胖的，頂部的豆瓣已裂開了嘴（有的已發出嫩葉），像一雙雙小手伸向藍天。此時的田野裡，一群群也如豆芽菜一般的孩子們正手提小竹籃，將枯黃瘦弱的小手伸向這些「綠色的小手」。當然，我也在其中。

我忘不了每次採摘時自己的笨手笨腳，太陽快要落山了別人都是小籃滿滿而我半籃不足的尷尬；更忘不了同村的二妞、三丫、四鳳這些女孩們大方地每人拿出一大把將我的籃子填滿。看著她們晒得黑紅的小臉及細黃的毛髮貼在微微出汗的面頰上，一股莫名其妙的情感平生第一次襲擊了我——這些朝夕相處的「假小子們」竟是這麼的美呀！一時間，小心臟「撲通撲通」地跳個不停。

馬齒莧這種野菜俗稱「馬勺菜」，因其葉子圓圓的像馬勺而得名。別看名字不雅但吃起來味道不錯：蒸包子、包餃子、涼拌都行，宜葷宜素就是有點發酸。這東西也能入藥，在老家時，每到春季村醫務室都要熬上幾大桶，「赤腳醫生」們就挑著桶挨家挨戶地送，說是喝了能預防痢疾和傳染病。我喝過這種湯，加了糖，甜酸甜酸的，口感極佳，不知道現如今還熬不熬這種湯。時下，在春季傳染病好發期喝上一碗這樣的純天然藥湯，可能對預防「非典、禽流感」什麼的也有作用。當然，這樣一碗野菜湯不但可以喝進肚裡預防疾病，而且更關鍵的是能融在一個農村少年的血液中，使他日後在面對人生的苦難時有一種天然的免疫力。

蒲公英在老家被叫作「婆婆丁」，這種野菜我沒少吃。口味好、形象佳、繁殖廣。野菜也有形象嗎？那當然！例如長篇小說《苦菜花》（苦菜，在老家被稱為「苦麻」，開黃花，味道極苦，泡水喝能祛火，是個好東西。）。再有，就是這蒲公英。上學時，課本中有一幅插圖就是由版畫家吳凡先生創作的浮水印版畫〈蒲公英〉。當時沒覺得怎麼樣，如今再看真是令人思緒萬千。簡潔的構圖，大片的空白，充斥著我對兒時生活無盡的思念。畫中的女孩分明就是與我朝夕相處的「村妮」，飄飛的花瓣不就是我嗎？二妞、三丫、四鳳你們現在都好嗎？

……

最後再說說香椿葉吧！它堪稱春天野味裡的至尊。初春的香椿芽最為鮮嫩，採下之後在熱鹽水中浸泡舒展，之後用雞蛋加麵粉調製成麵糊，將油鍋燒熱，再將葉片裹上麵糊放到油裡炸至發黃，撈出即可。型如黃魚，外焦裡嫩，香氣醉人。時下，這東西已經走進了國賓級的飯店。這是一種讓人不知如何是好的香，一種不可名狀的香，一種香死人不償命的香。當然，和世界上所有美好的東西一樣，這也是一種時常「招惹是非」的香，往往是一家炸香椿魚，滿村都能聞到。那年頭老家人吃飯沒有固定偏好，端著碗滿街亂逛。無意中逮住一鼻子，碗中的飯食頓時索然無味，當下就不做了：「這是誰家炸香椿魚呢？還讓不讓人吃飯吶！」於是就有人應答：「號喪什麼！這是老張家的姑奶奶回來了！」

姑奶奶者，出嫁的女兒也——這是貴客，不可慢待！

上邊說的幾種野菜山城差不多都有。初春時節，時常見一些人手臂上掛著布兜站在路邊榆樹下，踮著腳尖擼榆錢；田野上也滿是採挖蒲公英的人；菜市場也有人在叫賣各種野菜，看來山城「咬春」的人還真不少。我的嫂嫂每年都要蒸榆錢飯，還叫孩子給我送來一大碗。我老婆嚐了一口就不吃了。我呢？說實話，多年的城市生活使得我的味覺越來越「細」，口味也越來越「刁」，不像小時候那樣吃起來那麼香甜。但是，我仍然固執地吞咽著。那條越發嬌氣、刁鑽的舌頭在粗糲的飯食中穿梭往返，尋尋覓覓捕捉著往昔歲月的苦澀與香甜。那份童年生活的爛漫、萌動於田野之中的無限真情就真的一去不復返了嗎？

再抬頭已是淚眼朦朧。

村上椿樹

一

這倒好，寫故鄉硬是寫出個日本人名來。

請注意，那個聽上去與此同名的是日本人，是位作家。他的名字裡是「春天」的「春」。他有一本很出名的書《挪威的森林》，我沒看過，但是裡面有許多話倒是聽說過，印象深刻！比如這句：「每個人都有屬於自己的一片森林，迷失的人迷失了，相逢的人會再相逢。」

很明瞭，屬於這位作家的那片森林在挪威，而屬於我的這片森林在故鄉大馬村，而且這片森林只由兩棵樹組成——一棵是香椿樹，另外一棵是臭椿樹。

香椿與臭椿同屬落葉喬木，但「畢業」的科系不同。香椿為楝科，發芽又嫩又香，人見人愛；臭椿為苦木科，長葉又苦又臭，不受人歡迎。

二

我們村的椿樹倒是有一些，但遠達不到森林的程度，真正成材的也很少。最大的一棵香椿樹在村東頭的地主婆許二奶奶家，最大的一棵臭椿樹在村西頭米魁元家，其餘的都半大不小。椿樹這東西喜歡「串門子」。根系延展到全村，幾乎家家發枝，戶戶出苗。從村落中間分，靠近許二奶奶家一邊的出香椿苗，靠近米魁元家一邊的長臭椿樹。

是不是自發生長的這一眼就可以看出來。這些樹大都生長得不是地方。窗根、牆角、門前、屋後，我們家的香椿樹在豬圈與廁所連接處。

每至初春，網路上就有許多關於香椿的文章。許多人懷念小時候吃油炸香椿魚的美好回憶。其實呢，香椿這東西在農村只是個當季植物，算不上稀罕物。炸香椿魚一是要用油，二是要用雞蛋，這兩樣食材在缺油少鹽的當年顯得十分珍貴。儘管人們都知道，那樣製作會把幾片尋常的樹葉烘托得輝煌無比，可現實是，誰又會為了幾枝院中的樹芽隨意搭上這些好東西呢？

想當年，雞蛋是隨意吃的嗎？貧困的歲月裡，一家人的油鹽醬醋外加孩子的學費、書費、鉛筆、作業本等都要靠著雞蛋換取。似乎也只有老人、病人、嬰兒、坐月子能吃到。那年月，雞的屁股就是農村家庭的GDP！

在我的記憶中，香椿的吃法只是掰幾枝香椿芽清洗切碎，放鹽，澆開水，之後點幾滴小磨香油就算齊了！用它來拌用玉米麵製作的「搖嘎嘎」和玉米麵摻了榆樹皮製作而成的兩樣農家飯便能起到化腐朽為神奇的效果。

香椿是味覺化的春天，植物性的肥肉，能咀嚼的香水，隨手可摘的溫柔。

三

再說說臭椿樹吧！

人有好壞之分，樹也有香臭之別。臭椿樹之所以臭是因為它的葉基部腺點發散臭味。其實呢，這也是它的一種自我保護措施，精明至極。

在村子裡，臭椿樹的形象難說好壞。鄉村人判斷事物多以是否有用為標準。村裡有桃林杏林，每到收穫季節，仙桃、杏均要以荊條筐盛之，送往城市。只是，入筐之前先要用臭椿枝葉墊底，裝滿之後還要用它覆蓋其上。據說，這樣處理的水果不腐不爛，鮮香斐然。似乎也只有在那個時節，臭椿樹的身分等同仙桃。而更多的時候，人們便拿它開玩笑。

村裡有許多「鬆懈鬼」——就是那些滿嘴俏皮話，沒原則、少規矩的傢伙，最初大家形容這些人自編了個歇後語：「老驢聖——翹皮（俏皮）不少」。驢聖者，驢之陽具也！那東西平時黑乎乎，皺巴巴。後來村人覺得此言不雅，就乾脆改為「老臭椿樹——翹皮不少」。因為，成年臭椿樹的表皮也開裂翻捲。為此，好端端的一棵樹居然混得和驢的一樣——這事情太誇張了！

村裡的那棵大臭椿樹在米魁元的院子裡。這個位於村西頭的小院原是一個廢棄的小場院。兩間土坯房，一棵大臭椿樹與米魁元相依為命。

除了老村長，村子裡似乎沒人清楚米魁元的實際身世。即便這樣，大馬村沒有為難他，反而還很照顧他。

米魁元身分臭，院子裡的樹臭，他在村中從事的工作更臭——掏大糞！

掏糞這工作聽起來臭，其實還是蠻「香」的。

首先，它不用按時上下班。每天早上要等人家上完廁所，出門之後才能開始工作。其次，沒人監督。是呀！誰會跟在一個掏大糞的屁股後面當監工呀？第三，工作量很輕，沒定量。一個村子有多少人家，就有多少茅房。誰家人口多，誰家人口少，按照「投入產出」比例，米魁元心裡有一面明鏡。不需要提前跟他打招呼，常常是他的糞車剛到一戶人家門口，那家人就會說：「正要去找您呢！」第四，權力不小。在農村，農家肥可是好東西——很值錢。掏糞都是按挑論。一挑等於兩桶，能抵三個工人的薪水。這些糞運到糞場攤開、晾乾、發酵，之後，拿到村後菜園裡用於種菜，這是極品肥料。沒人會將它浪費到大田裡種莊稼的。

米魁元做這些工作極為細緻。到誰家掏糞都是先將糞車停到院門口，只提兩隻糞桶進院。將茅坑的糞掏到桶裡，再用一根小扁擔挑出來，掛到糞車的橫梁上。挑糞時極為小心，絕不會滴滴答答、瀝瀝拉拉，弄得滿院子都是，臭氣熏天。之後，將茅房和挑糞時走過的路徑都打掃乾淨。此外，如果見到誰家蹲坑的磚頭碎掉了就補兩塊新的，踏板鬆動的就用釘子釘好。之後，還要用石灰將茅坑裡裡外外撲撒一遍，乾淨爽利。最後，才敲主人家的房門。

他從不進人家的屋裡，也不坐人家院中絲瓜架下的飯桌旁。而只坐在臺階上，小心翼翼地掏出一個小黑包——這是米魁元的心愛之物，裡邊一隻粗大的鋼筆是他的命根子。識貨的人一眼就可以看出：這是西元一九三六年版的派克金筆。他將紙放到腿上開糞條。主人憑此條即可到會計處兌現酬勞。一筆周正的顏體，使得會計愛不釋手。單憑米魁元的這些糞條，會計居然也練得一手好字。

米魁元不喝人家的水，不抽人家的菸，頂多看到人家的香椿樹茂盛無比，才客客氣氣地說：「摘您家幾枝香椿？」

「摘吧！摘吧！多摘點！」

哎，就是這麼一件臭氣熏天的工作，硬是讓米魁元做得風生水起，人見人愛、花見花開！

村人都很尊敬米魁元，他胖了！

四

武鬥來了，噩夢開始了！

三伏的一天中午，一群流氓從良鄉城裡湧進村中。經人帶領衝進地主婆許二奶奶的家中。

這是一個非常精緻的小院。兩間磨磚對縫的小房，院裡青磚鋪地（這在農村極為罕見），院中一棵大香椿樹遮陽蔽日。

這曾是村裡老地主許金山四合院的東跨院。

許二奶奶是許金山的第二個老婆，續弦，過門那年才十六歲。她和老地主只一起生活了三四年，許金山就死了。老地主房產被分，前房兒女與她脫離關係。這個小跨院因為太狹小，沒人看得上，她便棲身於此。

流氓們衝到院中，四處張望：抬頭看看香椿樹蓬勃茂盛；一回頭，又看到院中做飯的小棚子裡的灶臺上堆滿了雞蛋殼，不由得哈哈一笑：「果然是地主婆，看她吃了多少香椿炒雞蛋！」

其實他們不知道，這些雞蛋殼都是許二奶奶從良鄉的飯鋪裡用香椿芽換來的。這是村裡老中醫拐先生給她開的治療糖尿病的偏方——把雞蛋殼烤焦、研碎、沖水，做藥引子用的。

流氓們衝進房子，從炕上拖起病懨懨的許二奶奶。這個被病痛與命運折磨得奄奄一息的女人並沒有喊叫，逆來順受地一聲不吭。

正當這群流氓氣勢洶洶要拉許二奶奶出街遊行之時，一個聲音從院子西南角的茅房裡幽幽飄出：「她一個快死的人啦，你們欺負她做什麼？」

隨著話語聲一個矮胖的老頭從茅房裡走出，頭髮花白，上身穿著背心，腰繫黑圍裙，一根掏糞勺拄在地上，神態安然地與流氓對視著。

「這誰呀？」

不怕硬的，不怕傻的，就怕這種不要命的！流氓們一時被這個老頭嚇傻了。可也只是一剎那，旋即就有人認出是：米魁元！我們正要找你呢，這倒好，你自己送上門來了！

這群流氓扔下半死的許二奶奶，直撲米魁元。各種言語羞辱、一陣毒打，過沒多久，老米就跌倒在地上。

正在此時，老書記黃祥及時趕到，從流氓手中解救了米魁元。

那群流氓又喧鬧了一陣子，紛紛離去。黃祥立即讓人把米魁元背回家中，放到炕上。待來人關門離開，米魁元艱難地下了炕，朝裡屋爬去。

空蕩蕩的屋內，牆角處立著一個小水缸——裡面醃著大半缸鹹菜。老米拚著最後的力氣爬到缸邊，一把拉倒了鹹菜缸。濃稠的醃菜湯噴湧而出，他一咬牙滾了上去……

米魁元知道，如此炎熱的夏季，傷口一旦感染會有性命之虞。之後幾天，他都靜臥家中，背上覆蓋著幾枝臭椿葉，得以蚊蠅不至，慢待傷口化膿結痂。

五

西元一九七六年九月九日下午四點，大馬村的人全都嚇傻了。

大約五點多的時候，一位村民急匆匆跑進會議室，大聲對書記黃祥說：「不好了，米魁元死了！」接著放聲大哭。

他們立即趕到米魁元家裡。老米是下午在村民家掏糞時腦溢血發作倒下，後被上茅房的村民發現的。

「埋掉，立即埋掉！」村委會隨即做出決定。

可是，沒有棺材怎麼埋？

「乾脆，草蓆捲一捲埋掉完事！」

一時議論紛紛，舉棋不定，大家把目光投向老書記黃祥。

黃書記拿了一根黃花菸（一種土菸），背靠臭椿樹蹲下身慢慢說道：「米魁元畢竟是人，是我們大馬村的老人。凡是人都有錯誤，除了剛出生的小孩和死了的人。現在老米死了，我們就應按照一個老人的去世標準發送他。」接著，他點著嘴上的菸猛吸一口，不知是這菸太嗆還是悲從中來，等他抬起頭來時，人們驚訝地發現黃書記老淚縱橫。

過了大半天，老書記才一抹眼淚站起身，隨手撕下一塊臭椿樹翹起的樹皮說：「趕快給老米做口棺材！」下令立刻伐樹，破板，做棺材。

老木匠方斌來了。他圍著樹轉了一圈，又用手指卡了卡樹幹說：「還是偏小了點！」

怎麼辦呢？

「把我家那棵香椿樹砍了吧！」

隨著說話聲，人群中走出一位身材瘦小的老婦人。她滿眼噙著淚花，耳畔一縷花白的頭髮在秋風中抖動。她堅毅、昂然的形象驚得大家倒吸一口涼氣。天呀！這不是平日裡病懨懨的地主婆許二奶奶嘛！

六

西元一九八〇年代中期的一個清明前，來了幾個男女，他們找到老書記黃祥，自稱是米魁元的兒女。

老書記詳細地向他們講述了老米生前的一些情況，接著，從箱底掏出一個小布包交給其中一位較年長者。他小心翼翼地打開布包，幾個人頓時淚流滿面——一支黑色派克金筆。這是老書記在清理米魁元遺物時，在炕角的席子底下發現的。

接著，老書記黃祥帶了一群人去了墳地。

米魁元的墳地在村子公墓邊上，因為年久無人打理，原本不大的墳包幾乎變成平地。若不是老書記當年親自參與埋葬，沒他帶路其他人根本找不到。

就在幾個人跪地的當下，天空飄起了濛濛細雨。一群兒女撕心裂肺的哭喊聲令天地動容。

過了一會兒，大家才止住悲聲。或許是細雨浸潤的緣故，當他們抬起頭仔細打量這座墳塋時，驚奇地發現，低矮的墳尖處一叢紅色的小樹苗破土而出。幾個人不約而同地問：「這是什麼呀？」

老書記上前，俯身，略一端詳，說道：「哦，香椿樹！」

姓什名誰

一

這幾年我一直咬牙切齒地想改名，因為我認為這些年諸事不順、不間斷地走「霉運」，完全是與我這名字沒取好有關。

我極為羡慕那些把自己的姓名與人們耳熟能詳的俗語、名詞連繫起來的人，如：姓時的叫時間，姓畢的叫畢然，姓吳的叫吳所謂，姓李的叫李拜天。看看這些名字多有趣，多響亮，多招人喜歡。再看我這名字——楊建英！男人女名，非常晦氣。雌雄不分，是我恨這名字的第一點；第二點是諧音不好。——「羊見鷹」、「陽見陰」，這羊羔見了老鷹能有個好？白天進入黑夜能說很妙？……

我曾在網路上搜尋過這個名字，想找一些同名同姓的「戰友」壯壯聲勢，結果搜出一堆老太太。

在我們老家有這樣的習俗，男孩一出生就取一個賤一點的名字，好養活。於是我的朋友中就有了王狗剩、張狗蛋、許三丫、趙胖妞等，不過人家那些都是乳名。隨著年齡增加，除了一些長輩有時開玩笑喊那麼一兩聲，到如今，一個個成家立業，有兒有女了，誰還敢叫。我這名字就不行了，正經八百的「註冊商標」，寫進戶口名簿，撕都撕不掉。

《金瓶梅》中潘金蓮有言：「南京的沈萬山，北京的大樹，人的名兒，樹的影兒。」人活一世，草活一秋，沒個響亮的名字這一生是很窩囊的。我並非宿命之人，可人常說名不正則言不順，言不順則事不舉。我渾噩多年，一事無成，難道與這個不成氣候的破名字一點關係都沒有嗎？

總之，「難言之隱，一改了之！」

二

在多民族地方，許多人的名字是音譯，字數多，但重名問題依然存在。不信，您站在村落入口大叫一聲「買買提」，可能有超過二十個人回應您。

記得多年以前，我在礦山工作時，工廠裡有三個非常優秀的年輕人都叫王文。依照傳統，一個單位裡有人重名重姓，那就比照買鞋的規矩，分出大小號。我們把這三個年輕人也分了號：大的叫大王文，小的叫小王文，還剩一個不大不小的不知該怎麼叫，大家靈機一動，乾脆就叫「迷你王文」吧！工廠主任也這麼叫，早上開晨會主任分配任務：「大王文把井下四中段的配電盤檢修一下；小王文等一下和我去拉機油；工廠裡的雷管和炸藥不多了，那個……迷你王文，你帶幾個人去炸藥庫拿一些回來……」

有一陣子，出現一些「古怪」的名字：范徐立泰、閻丘露薇……天下還有這樣的複姓？於是，很多人以為是報紙出了錯誤。後來弄清楚了，這是「女同性戀」在自己的姓氏前加上了夫姓。其實這也不新鮮，這種做法古已有之。像我奶奶那輩人都這樣，如：我奶奶姓董，嫁到我們楊家就叫楊董氏，依次類推諸如：張李氏、方王氏、趙陳氏，等等。但如果姓馬的嫁給姓齊的那就成了「齊馬氏」，姓洪的嫁給姓奚的就更麻煩了——奚洪氏！

扯遠了，不過，這倒是一個相當不錯的、別緻的、避免和他人重名的好辦法。看來，從前的人比我們聰明多了。

三

我仔細地研究了我的父輩們的姓名與人生成敗的關系，結果證明：他們的人生之路與姓名有著很大的關係。

按家譜上排，我的上一輩是「得」字輩，因此，我父親排行老大叫楊得海，小叔叫楊得山，堂叔叫楊得水。如今，這哥仨都已過花甲之年。而縱觀他們這大半生，我發現他們也真應驗了「叫什麼就得什麼」的說法。

先說小叔楊得山，他這名字多棒！——「羊得山」有山就有草，靠山就吃山，所以他的日子過得挺滋潤。

我小叔是位藝術家。早年間，畢業於戲曲學校，學的是板胡。畢業後，分配到梆子戲任琴師，傍的全是名角。起初日子過得還可以，後來各種外來藝術衝擊藝術市場，造成古老的戲劇藝術走了下坡。他就乾脆退下來，不做了！之後，他專心畫國畫，拜在許多名師門下，其中就有國畫大師吳冠中。現在他早已躋身著名國畫家行列，先後赴二十多個國家辦過畫展，作品被各處收藏。總之，楊得山果然得益於他的山水畫了。

再說堂叔楊得水，他這名字也不錯，有水有草，日子過得也很滋潤。

他十六歲進城裡的建築隊當了一名建築工人，我們老家稱這個職業為泥水匠。六十歲退而不休。老爺子手藝精湛，絕活很多，被公司派遣當技術監工。每日下班，三百公克豬頭肉、二兩老白乾、一碗炸醬麵，吃完，泡一壺「好葉子」，一邊喝西湖龍井，一邊聽二黃流水。因此，楊得水也算得到水了。

最後，再說說我這「苦命」的爸爸楊得海了。

我不知我那大字不識的爺爺，怎麼會給我爸起這麼一個富有詩意的名字。大海波瀾壯闊，海水又苦又澀，有活路嗎？

我爸國小畢業後就進入職場，從事商業，鄰近海邊。如果不出意外，做到現在他也至少有個一官半職，因為當年他的同事都事業有成了。想不到，他得知外地有更好的工作機會，離開時沒和家裡打招呼，直到離鄉背井，才寫了封家書。

起初，我奶奶不知道他人去了哪裡，還以為只是在隔壁村落。後來，問了其他人才弄清楚事情的真相，老太太一聽，當時就棄昏過去了。

是呀！對於我們那個「離家五公里就要寫家書」、貪家戀土的故鄉來說，父親的做法著實是驚天動地……

這一晃都不知過了多久，父親是否找到了他生命中的那個「海」？答案是肯定的。幾十年中，他穿越過茫茫戈壁、草原綠海、蒼茫雪海、如潮人海、艱難苦海。當然，對於我來說，父親這大半生何嘗不是一個深邃的海！

西元一九八〇年代，姑姑費了九牛二虎之力，為我父親在家鄉找到轉調單位，打來電話流著淚說：「哥，你回來吧！」我爸也流著淚說：「我離不開這裡了……」

年前，我陪父親回鄉探親，在與叔父們的歡聚宴會上，我發表了關於他們的人生與姓名之間關係的「研究成果」，他們聽完哈哈大笑，異口同聲地誇讚我——胡說八道！

劁豬騙馬

一

十幾年前，我進政府辦公室當祕書。剛進去，便參加了畜牧專案會議，我負責會務工作。

專案會議主要研究牲畜品種改良工作，與會者是全市畜牧獸醫體系的負責人。會議開始，主管先報告了此項工作在政策面是進度落後的，之後責令當局負責人分析造成這種局面的原因。

當局主管囉裡囉唆講了一大堆，歸結起來無非兩點：一是缺資金，二是少技術。特別是對於最新推行的牲畜凍精冷配——也就是人工授精技術掌握不足。（注：一枚優質精子的價格很昂貴）

對於這樣的答覆，政府官員很不滿意，說如今財政預算都偏袒你們，可以說，要錢給錢，要人給人，結果還是這個樣子，你怎麼解釋？當局主管迫於無奈只好說了一個原因。他說別的都好說，就是每次替母牛人工授精時，院牆外面的公牛——也就是這些母牛在當地的「男朋友」亂叫，嚴重影響了母牛的情緒，懷不上胎，就改不了良！

嘿嘿！這硬是扯出一個牲口版的《羅密歐與茱麗葉》，大家哄堂大笑。

政府官員非但沒笑，反而勃然震怒。他一拍桌子，用手指著我命令道：「會後做好會議記錄，將這些鬧事的公牛統統去勢！」

特別說明的是，我當時沒弄清楚這「去勢」是哪兩個字，也沒弄懂的意思。我以為主管要殺了這些牛，還私下裡感嘆主管用詞的文雅，殺牛不叫殺牛，叫去世。結果，寫草稿時，負責文字的辦公室副主任改正了我的錯誤。他說：「此去勢非彼去世，是將牲畜閹割的意思」。我一聽，咳——！這不就是我們大馬村當年常見的劁豬騸馬嘛！

二

說實話，騸馬我還真沒見過，劁豬倒是常見。

劁豬，顧名思義，就是閹割豬睾丸或卵巢的一種去勢小手術。這種手術比較霸道，公母通吃！

劁豬在東漢就有了，據說這是華佗傳下來的。

哦，對了，華佗是劁豬匠的祖師爺！華佗練這技術，完全是因為東漢末年，太監盛行，閹割手術不斷。華醫生為防止「醫療糾紛」，先拿豬、狗做實驗，最後用到人身上，和如今醫用小白鼠一樣令人敬畏。後來，到了明朝，皇帝朱元璋可能出於「同姓音緣」的考慮，為表彰這一事蹟，特撰寫對聯以示紀念：「雙手劈開生死路，一刀割斷是非根。」

過去的大馬村家家戶戶都養豬。不養豬那還叫什麼農村，還叫什麼家啊？甲骨文「家」字就是屋裡一頭豬。養豬，一來呢，是為了打發日常家裡的殘羹剩飯；二來呢，養大賣錢；三來呢，殺了吃肉。農人日子苦，到了冬天，不殺口豬替自己增點肥，那真的要問：「幸福在哪裡了？」因而養一口豬對一戶農家來說是很重要的事。進得家門，肥豬滿圈，豬深沉的哼叫、持重的行臥、敦厚的體態帶給人生活感、幸福感——嘖嘖嘖！

那好好的豬為什麼非得閹割呢？這是因為：

一、豬不劁不胖。理論上說，不劁的豬，雖然吃了很多食物，卻並沒有轉化為膘。因為為繁殖要累積精力和活力，大量耗費卡路里，自然胖不起來。

二、豬不劁心不靜。所謂飽暖思淫欲，豬雖為牲畜，亦有所需。不劁的豬，公豬瘦長，母豬婀娜，整天為準備吸引異性而躁動不安。可又生不逢時，投胎豬圈，交友圈過小，終不能得償所願，鬱鬱寡歡，越吃越瘦，徒然浪費糧食。要是劁了就不一樣了，春心不動，夏胸不躁，秋意悠揚，冬日趴窩……總之，豬劁了，心就靜了，氣就順了。身體加倍棒，吃飯加倍香，發憤圖強吃吃吃，一心一意長肥膘。

劁豬一般在小豬長到兩個月的時候進行。

我曾在文章中說我們大馬村什麼都不缺。其實，那是吹牛。劁豬，我們一般要請鄰村的郭氏兄弟，人家是祖傳的手藝。兄弟兩個——一個劁公不劁母；一個劁母不劁公。他們好像都有功夫，騎自行車走村串戶，風風火火，身形矯健。

劁豬時，郭師傅半虛跪在豬身上，雙手抓住豬襠下的睾丸，捏住，再騰出右手，抽出刀。劁豬刀頭有半個鴨蛋大小，眼鏡蛇頭一般，呈三角形，頂尖和兩個邊是鋒利的刃口，用來劃開豬的皮膚，後面有個手指長的把，末端帶個彎鉤，用它鉤出豬肚裡的「花花腸子」，然後縫合就算劁了。前後也就幾分鐘，之後擦手結帳，偏腿上車，「吱溜」一聲，沒影了。

至於劁下來的豬睾丸，有的被劁豬匠順手拿了去，積少成多，成為一碗大補的下酒菜。有的被主人要了去，放鍋裡蒸熟，給男人吃，說是吃什麼補什麼。也有的被劁豬匠一揮手，將兩顆東西拋到豬圈的屋頂上，據說這是傳統，名叫「高升」！

三

一個時期以來，我寫了一系列鄉土題材的文章。許多朋友問我「農村有那麼可愛嗎？」我說「是的！」可同時我也深知，農村之所以可愛，恰恰是因為它的「可恨」。

我們都知道，按照辯證法，任何事情都既有好的一面，也有壞的一面。對此，那些都會中的人會隱惡揚善，農村裡的人則是好壞一起來。

比如，針對劁豬騸馬這件事就是這樣。

那年頭，農村節育工作是這樣的：一開始是鼓勵婦女裝避孕器，後來又號召男性結紮。這本來是好事，節育本來就是男女雙方的事，不能讓婦女獨自承擔。後來也不知怎麼搞的，村裡竟傳出：所謂男人結紮，就是把男人給閹了。說成這樣，誰還願意去？當村中第一個「自告奮勇」的人呂桂明結紮完回村之時，大家看他的眼神與慈禧看李蓮英是一樣的。

這是負能量的一面，當然，還有驕傲自大的一面！

那時，村中有一個敗家子黃某，好吃懶做，快四十歲了也娶不到老婆。一天中午，他在莊稼地裡工作，忽然發現村裡的女孩春英正在地裡拔草，看四下無人，頓生歹念。將春英撲倒欲逞獸慾。春英大叫驚動路人……黃某被抓。

公審大會（那年頭流行這個做法）就在村中舉行，黃某被判刑五年。老書記黃祥覺得這是個普施法律的好機會，公審大會後他決定就此召開村民法治現場會。

按照事先的設計，他先發表演講，最後環節與群眾互動。他說：「對於這些不法之徒我們應該怎麼辦？」

群眾必當振臂高呼：「嚴懲法辦！」一切安排得都很完美！

但誰知那天他說完此句：「我們應該怎麼辦？！」

群眾卻異口同聲地大喊：「閹了他！」

守望麥田

南方人喜歡吃米飯，一天不吃，腰痛。北方人喜吃麵食，一天不吃，腿軟。

南方廣植水稻，把能種好水稻的袁隆平尊為「當代神農」。

北方廣植小麥，能種好麥子的人遍地都是，最多稱之為「莊稼把式」。

別看水稻光芒四射——「水光瀲灩晴方好」，可在影響力方面，小麥可能要甩它幾塊條田！

西元一九八〇年代初，美國傑洛姆．D．沙林傑（Jerome D. Salinger）的一本書，這本書原本譯為《棒球隊的「捕手」》。當時，許多人還弄不清棒球運動是個什麼。後來，乾脆譯為《麥田裡的捕手》。於是，大家都明白了：哦！是麥子地裡的故事。其實呢，這本書和小麥種植一點關係都沒有。那叫它《稻田裡的捕手》不行嗎？不行！如果是那樣，還不如乾脆稱之為《稻草人手記》呢！

提到種水稻，我們在地人還真說不出個所以然，但提起種麥子，那學問可就多了。在此，我們就亮一亮種麥子的「葵花寶典」！

一

「戲臺底下長好麥！」

冬天，小麥澆過水停止了生長。麥地乾硬，閃著冰花。此際，麥田不怕踩，不怕軋。就算在麥地裡搭上戲臺，胡蹦亂跳都不礙事。此時，牲口也可放入田裡。摘去轡繩，任由騾馬驢駒啃食麥苗（土地上凍，牲口厚嘴唇啃不出根來）。

下雪了。

麥田蓋了厚厚的棉被。屋裡人烤著火，倚著炕被，「瑞雪兆豐年」的喜悅洋溢在面容和語調上。

快過年了。

村民一大早挨家挨戶收斂尿液。雪街傳來「嘎吱、嘎吱」腳步聲。一盆盆黃液匯合滿桶。或兩人抬，或一人挑，大家相隨著潑入麥地。之後，春節前，還要追一遍返青肥。

二

春風送暖，麥苗返青。

麥澆三遍水，回回是關鍵！

頭遍水助返青，二遍水助拔節，三遍水助灌漿，每遍都決定著麥子的命運。

如何控水？

民諺一：高低不過寸，寸水不露泥。

這是說，在平整的麥田裡灌溉，既要保證注水量充足，又不能是「海量」，須拿捏分寸，澆了水的地見不著乾土。

民諺二：麥在火裡秀，還得水來救。

小麥抽穗揚花期，正是天氣乾燥、濕度小的晴熱時節，麥田像火爐一樣，需要水分多，不能缺水。

民諺三：馬耳朵促，豬耳朵控，驢耳朵苗情正適中。

當麥苗葉似馬耳朵——小而直立時，及時澆水，促其生長發育；麥葉若像豬耳朵——寬大而下垂時，則立即截斷水肥，不使其營養過剩；可等到麥葉長成驢耳朵——寬大而直立時，表示肥水適中，小麥發育良好，用不著再多經手。各種情形的直觀性、形象性，農諺都被講活了。

民諺四：欲知五穀，但視五木。

聽這話，叫人如墮五里霧中，風馬牛不相及呀！

五穀泛指穀、黍、麥、豆、玉米糧食作物，五木泛指桑、榆、槐、柳、檀等多見樹種。

五木關五穀何事？

民諺說：觀察春天樹木的花葉是繁是疏，長勢是否壯，可預測當年莊稼豐歉。萬物同為一體，由此即能夠反映出彼，農民把深奧哲學在實踐中融通，多有應驗。莫謂山中無諸葛，真正夠格的農民基本上都是活神農！

三

三月有水兄弟麥，四月有水子孫麥。

農曆三月逢小麥拔節期，猶如民間常議論的「男長十八，女長二十」，麥子長身量時候，最需要水分。一尺秀穗三尺高，全賴於此。此時有降雨，當然好；無降雨，就得澆。澆水適時，整塊地小麥長得像同胞兄弟似的，齊頭齊腦。若錯過機會，到農曆四月方得澆水，旱況會造成小麥參差不齊，像隔著輩分似的，有爺爺，有兒子，有孫子。哪還能保持住產量？「豆打長秸麥打齊」，道理就在此。

馬不食夜草不肥，麥不澆夜水不旺。

白日澆，風迷眼；夜裡澆，人受寒。

曠野夜晚，火苗閃閃，都是澆麥地的。青苗不負苦田人，返青以後的麥苗，苗不缺，壟不斷。清清渠水帶著心願，沒有遮攔地流入一畦畦麥田。返青水澆過，一個多月，春的景象越來越深，麥田越來越顯出人氣。當淹沒了人的小腿，麥子長高啦！

四

好麥不見葉，好穀不見穗！

什麼意思呢？麥子長勢整齊了，麥穗挺拔，看不見穗以下的麥葉，說明長得好。穀穗飽滿粗壯，沉甸甸向下彎垂，就遮掩在谷葉下，放眼望去也見不著穀穗了。

品相好的麥子，青蔥之時上邊放根針都掉不下去。這情景出現在農民脫離了傳統播種方法、小麥實現了科學密植以後。

五

小滿小滿，麥粒漸滿！

立夏三天見麥芒，芒種三天見麥茬。進入芒種節，馬上就要開鐮了。一年裡的麥收是莊戶人家數一數二的大事。

一家人像籌辦過年一樣，各式各樣準備著。主婦盤算著割麥時的吃喝，預備出送飯的籃子、送水的罐子。當家男人要做的是預備鐮刀。挑選出幾把，擺放好磨刀石，遂像做功課似的，一下一下磨起來；待用的力氣越來越小，就將要磨好了，拿起來對著刀刃眯一隻眼端量；用大拇指往刀刃上刮一下，若感覺酥酥麻麻的，就行了，若感覺滑滑的，還得磨；幾把鐮刀全磨好了，站起身，直直腰，長長出一口氣；氣息勻了，逐個試驗鐮刀，將刀刃輕輕地刺樹葉、草葉。

轉天，天剛亮，男人到自家麥田，望著一片黃裡還隱約有一些綠意的麥壟，揣摩近幾日天氣，定奪開鐮的日子。在麥壟間走了一遭，心裡有了底，選了一個中等麥穗揪下來，端詳成色，看長短。辨別清了，合掌揉了這個麥穗，吹跑了「麥魚」，乾淨的麥粒就像小香豬似的臥在掌心。將麥粒數了一遍，嚼了幾粒，思考開鐮火候還差多少。咂摸著麥香，也估算出了今年的收成：若不遇連陰雨，麥穗不長「小刺蝟」，應該還是不錯的，每畝怎麼著也得打一石麥子。

出了自家地，必然要到鄰居街坊家的地裡轉一下，看誰家麥子帶頭似的整齊壯實，秸稈不高，麥穗大，比較起來拔頭籌，好提前跟人打招呼，換明年的麥種。以麥子換麥種，為鄉下習俗。麥種好，麥子才好，換麥種求心裡踏實。去換的那一家對此也高興，他幫了人家的忙，得到信任，兩家關係就因此近乎了不少。但從始至終聽不到一聲「謝謝」——農民實在。

六

麥收青梢，不收花腰！

當麥田蕩起金色波濤時，麥穗頂部還微綠，麥粒已經變硬的蠟熟期，稱為「青梢」，就可以割。至麥穗出現了炸芒、爆粒，則完全成熟。待熟透再割，一是割不過來，二是容易「掉腦袋」。

麥收一晌，龍口奪糧。

老人說，上午還沒完全成熟的麥子，經了一個中午暴晒，就能成熟。別耽擱。收割時期為多陰雨季節，遇上天氣不濟，不只影響收割、打場、晾晒，還會造成麥子在秸稈上就黴爛、發芽，麥穗像「刺蝟」，從而減少收成。以「龍口奪糧」形容與天氣比速度，說明了任務緊迫。

六月天，小孩臉，說變就變，時刻讓人揪心。電臺天氣預報要按時收聽，半夜裡還要隔窗向天空望望，一片浮雲牽心，一陣風能刮得睡意全消。遇上暴雨冰雹，麥子「伏窩」，全趴下了。斂不得，割不得，黃乎乎一片，看著窩心。

「麥倒一把草，穀倒一把糠。」盼了一季的麥子，落此下場，莊稼漢子會止不住哇哇大哭！

在所有的收割莊稼當中，割麥子應該算是緊密結合體力與技巧的農業工作。一個莊稼人受人敬佩，工作上除了提耬、撒種、揚場，便是這割麥。

這既消耗體力，也需要技巧。麥子茬不能留得太高，每一鐮，既要透澈有力，也要有節奏，步幅合適。手、眼、身、法、步五弦連心，步驟協調。揮鐮步幅之舒展，彷若拳術中的「白鶴亮翅」。

七

成熟的麥子都彎腰！

麥子，既然在陰天割不了，那日子必定是晌晴天氣。麥熟看晌，一晌一樣。六月中旬，那得有多熱呀！麥收沒大小，一人一鐮刀。「麥子發黃，秀女下床。」「麥黃不收，有糧也丟。」這些民諺一句比一句讓人心驚膽戰。

割麥子，就得彎腰，彎半天，彎一天，彎幾天，一連多日，腰痛得不成樣子。麥芒扎手臂，扎胸脯，每天上面都是紅斑，密密的紅點。

從黎明雞叫起身，年輕人邊揉眼睛，邊神情恍惚進地。過了十點，太陽開始毒辣。麥田裡白光刺眼，兩個時辰後，鐮刀也鈍了。到晌午，唰唰割麥聲響成一片，身後的麥捆連成串。烈日暴晒之下，身上衣服濕了又乾，乾了又濕。口渴得厲害！有那「井拔涼水」，一個人能喝下去半水桶。喝了這麼多，也不會去小便，水分全從汗腺中排出。天黑透了才能收工，回到家裡頭暈眼花，渾身骨頭像是散了。一個麥季下來，往往脫幾層皮。

八

豐收要當歎收過！

端午節能吃上新麥子。頭通白麵進了家，割肉包餃子、麵條啃黃瓜、烙餅就小蔥、饅頭蘸大醬，替自己改善生活。那幾天，出門見的人，一個個面容光亮。

但這樣的飯食，連續吃不上幾頓。即便是產麥區，各村也不是撐足了給社員分麥子，大部分麥子去了國庫。

九

麥子，是重要的糧食作物。

當年，麥收時節，各行各業支援農業。機關、廠礦、學校都打著旗幟造聲勢，支援麥收。邊小學生也放麥假，挎著籃子撿麥穗。

如今的麥田情形，機器耕作，機器收割。只需要幾個人，幾千畝小麥兩三天就收得乾乾淨淨。種麥，收麥，還有政策補貼。實現了良種化、科學化，一畝小麥單產，快五百公斤，多的一畝達到六百公斤。多令人欣喜呀！

可我的心總是空落落的高興不起來。那些曾經的麥田守望者呢，他們都去了哪裡？有人告訴我，都到都市工作了！

而城裡有麥田守望嗎？古老的民諺能指導現實的收成嗎？

人誤地一時，地誤人一世呀！

品味豐收

一

下午快下班的時候，老婆打來電話，說店裡一個姐妹過生日就不回了，晚飯讓我自己看著辦。下班回到家，清鍋冷灶的也沒心情開伙了，見到桌子上中午吃剩下的饅頭還有一個，於是握在手裡，躺在沙發上邊看電視邊有一口沒一口地亂嚼。

此時，電視新聞裡正在播報夏收的景象。大批的「麥客」開著收割機在廣袤的平原上，麥浪滾滾，熱鬧非凡，一派豐收的景象。

「呀！都開始收麥子了！」

我自幼在農村長大，對這種盛大的農事活動有著一種天生的本能的喜愛。說也奇怪，一時間頓覺神清氣爽、口齒生香，彷佛一股麥香幽幽襲來，沁人心脾。

「這香味是哪來的？」

我下意識地抬手端詳手中的饅頭，沒錯，香味就是從這個饅頭發出的。這就是我已經吃了幾年已經吃麻木了的饅頭；已經成了沒有菜——沒有好菜就難以下嚥的饅頭；已經淪為飢餓填充物的饅頭——怎麼以前就未吃出香味來呢？

現代生活的滾滾洪流已經將許多原始、本真、美好的感覺沖刷殆盡。這是一種來自大地母親的愛，就像來自母親的愛一樣，卻常常被我們忽略、淡忘。衣服保不保暖，好看就行；老婆賢不賢慧，漂亮就行；朋友知不知心，臭味相投就行；至於這饅頭，管不管飽，沒有好菜可不行。

我家的饅頭是岳母蒸的，純手工製作，用鹼（而不是發酵粉）和麵、大鍋灶臺燒柴蒸製，被譽為山東手工饅頭，酸鹼適度，柔韌可口。吃一口生津利咽，再吃一口麥香連連，第三口下肚後，一幅故鄉夏收生動繁忙的景象活脫脫飄至眼前。

當六月的驕陽把田野裡的麥子由金黃烤成黃褐的時候，全村上下男女老幼便行動起來。這是一場僅次於春節的農事活動，大家的心情既緊張又興奮。一年之計在於春，一年收成在於夏。在迎接豐收的日子裡，大家顯得格外謹慎：將坑坑窪窪的街道填平了，將堆滿雜物的場院打掃乾淨了；村秀才們忙著潑墨揮毫，將一張張寫著「三夏大忙，龍口奪糧」的標語貼得滿大街都是；廣播喇叭一天到晚響個不停，傳達著村委會的各種命令，一下子讓村民們磨好鐮刀，一下子讓工人們把精神養好。

此時田裡的麥子早已像羞紅了臉的待嫁新娘，低著頭等待傾心於土地的漢子們來迎娶她們。

收割終於開始了，隨著如同迎親曲的「哢嚓哢嚓」聲，銀鐮過處，「新娘」溫柔地倒在漢子的懷裡。漢子們受到鼓舞，你追我趕，人人爭先。

老漢們則組成了送水隊伍，一擔擔深井涼水和綠豆湯送往一線；年輕的女人們在場院裡打麥子；老婆婆們在家裡照看孩子兼做飯。此時，再不和的婆媳也得休戰，自家事小，耽誤了豐收大計事大；戀人們也都暫緩纏綿，「月上柳梢頭，人約黃昏後」那是豐收以後的事；小學生們都放了假，或半天上課半天由老師帶著拾麥穗。藍天白雲下，廣袤田地裡，紅領巾似一簇簇小火苗，裝點著豐收的喜悅。

此時的村裡村外早已變成麥子的世界，到處都塗抹著豐收的色彩。微風吹過，麥糠和「麥魚子」（麥殼）在空中飛騰，恰似下了一場六月雪，紛紛落在人們的頭髮上、眉梢上、耳朵裡、衣褶中。大街小巷、牆頭屋頂、籬笆樹枝間到處都有麥子的蹤跡，連村中那個臭水坑都被麥殼覆蓋成了「金色池塘」。

這時最美的還是農作的人。短短十幾天，大家都黑了、瘦了，眼窩也深陷了，但眼睛更加明亮了。他們在收穫麥子的同時，也彷彿變成了一顆顆晶瑩飽滿的麥粒。婆媳和好了，她們相互體諒著；戀人更親了，他們相互鼓勵著，小手絹包著煮雞蛋，趁人不注意趕忙塞給眼見黑瘦的他；小學生們高興了，撿麥穗賺的錢夠下一學期買筆買書用了……

這之後，一連串大車滿載著糧食，伴隨著〈揚鞭催馬運糧忙〉的樂曲，歡快地行走在馬路上；接著，大家擠在場院裡等著分口糧，那個負責分糧的人模仿著《賣花姑娘》裡的腔調高喊：「一斗灌進老漢的口袋裡去嘍！」再以後，每當夜深人靜的時候，場院裡的麥秸垛後總有人在竊竊私語。

唉——！說這些都是二十幾年前的事啦。這麼多年來農村發生了多麼大的變化呀！收割機取代了小鐮刀，農民的糧食多得吃不了。但不管怎麼變，人們對於豐收的喜悅之情是永遠不會變的。

今天，我在這深山裡手拿一個饅頭品味著豐收，忽然覺得，其實豐收無處不在。任何一塊土地或者說任何一項事業，都不會虧待鍾情於它、汗灑於它、信任於它的人。不是嗎？用不了多久，那些散發著豐收喜悅、獨特馨香的新麥饅頭就會走上我們的餐桌！

大馬村紀事

一

我們村的名字很怪，叫大馬村！鄰村還有一個小馬村，但是，這「二馬」好像都和馬沒什麼關係。起碼，在我於此生活的十幾年裡沒聽說過什麼與馬有關的歷史傳奇。據說，這些地名都是當年楊家將留下的足跡。

除大馬村、小馬村之外，附近的還有大紫草塢、小紫草塢（應該是草料場），稍遠的還有拴馬莊、亮馬臺、拒馬河，等等，好像都與之有關。

楊家將在此地一陣拚殺之後留下了這些地名，便一頭扎進歷史，一直衝殺到西元一九八〇年代一個說書女人的嘴裡，一時間刀光劍影，名滿天下。之後，杳無聲息。只可憐，剩下這大、小兩匹馬兀自在歷史的荒煙蔓草中鬱鬱生長。

二

我上小學時，村裡真有一匹大紅馬。這匹馬紅緞色皮毛，膘肥體壯；「頭至尾長有丈二，蹄至背高有八尺」，我對評書中赤兔馬的想像都能在牠身上得到驗證。那年月還沒有形象代言人一說，但大紅馬基本上就扮演了我們村代言人這個角色。

飼養員老王喜對這匹馬格外用心。馬不食夜草不肥！老王喜就每夜守在牠身邊餵草餵料。馬嘴伸在槽裡「吭吭吭」吃草料，老王喜就蹲在槽邊抽著菸跟大紅馬說話（餵牲口的都跟牲畜說話）：「你不用著急，別費太大力氣，你是駕轅的要懂得愛惜自己！再說，頭上還有那兩個拉套的呢！要不，要那兩隻畜生做什麼？……你歲數也不小了，比不過那些年輕的……你別看王鴻舉的鞭子晃得厲害，他跟我說過，那鞭子不是打你的，是揍那兩匹騾子的……」大紅馬低頭吃著草，偶爾抬起頭聽一下，再心領神會地點一點頭。

老王喜所說的王鴻舉就是駕駛大紅馬的趕車司機。能駕上大紅馬駕轅的大車在當時是很有面子的，不亞於現在開賓士、BMW。王鴻舉相貌堂堂，披上大衣就是李玉和。王鴻舉與大紅馬這一對組合堪稱現代版的呂布與赤兔，為我們村爭得了諸多榮譽。

長大後，我時常擅自臆測，從王鴻舉與大紅馬的情誼看，套一句當下的流行語：王鴻舉不在大紅馬駕轅的車上，就在去看大紅馬的路上。三更半夜他與妻子吵架拌嘴後摔門而出，家裡孩子到處找不到他，其實，他就蹲在馬棚邊與老王喜聊大紅馬的趣事呢！記得當時村裡還流行一句順口溜：「騾拉車，馬駕轅，兒子趕車不要錢」，說的也是王鴻舉。當年，在生產隊趕大車與現在公司當司機性質是一樣的，都可以賺錢。王鴻舉也一樣。替熟人拉白菜、運貨、裝土坯等，不過，他不要錢，只要黑豆、料豆、黃豆當作大紅馬的肥體「夜草」。特別說明的是，王鴻舉在村裡輩分小，到處呼叔喊爺，所以稱其為「兒子」不算占他便宜。

可是，後來大紅馬死了，是人們有意殺死的。

因為忽然檢查出大紅馬是某種「四號病」病毒帶原者。於是，公家醫療機關派人替大紅馬執行安樂死。（一號病是天花，二號病是霍亂，這四號病是什麼病至今我也沒弄清楚。）

殺馬的那天人不多，大家也不忍心看。據目擊者說，醫療單位派人用一個巨大的針管在大紅馬的脖子處（主動脈）打進去一管子氨水，之後，大紅馬顯得異常興奮，鬃毛亂炸，蹄跳咆嚎，牠還以為像往常那樣可以上套駕轅。不料轟然倒地，牠努力爬起，再倒地，再爬起，如是者三，便七竅流血而死。

……………

是村後魚塘餵魚的李老頭在割青草時發現王鴻舉的。那時他已哭得不省人事。把他背回家，放到炕上，一躺就是好幾個月。期間，他吃了不少小馬村一代名醫拐先生的中藥……

現在想來，王鴻舉與大紅馬的情感，除了人作為動物與動物之間某種神祕的相惜之情外，更多的是人們在馬的身上寄託了太多的希望。

馬，對於村民們來說就是一個虛幻的存在。大馬村人都不懂馬，王鴻舉也不懂。他們欣賞不了馬的奔突疾馳、飛速向前，縮寫著身後的山川與草原。雖然，王鴻舉每日都對大紅馬洗、刷、飲、遛，但從未想過飛身上馬去歡笑尖叫，放縱激蕩的身軀，沸騰生活的熱血。馬，不屬於大馬村人。是的，這些草原上的精靈，一旦落入農耕人的手中都不可避免地遭受到生活的重壓——駕轅、上套、拉車！（按照當年的落後理論：「好馬不拉車」如同「好男不入贅」，「上套」一詞無論如何都不是褒義）之後，被端坐車上的駕者驅趕著蠕動在苦澀黏稠的歲月裡，馬鞭的方向就是生活的方向。

大紅馬死後，村民在村北頭挖了個大坑把牠埋掉了。第二天，上級單位來村驗收此事的時候，猛然發現那個埋馬的大坑明顯被人挖開了。

天啊！大馬村出大事了！

三

檢查組來到埋馬的地方，看了看並沒發現問題，正要離去，忽然看到坑邊有許多鮮血的痕跡，立刻起了疑心。馬雖是吐血而死，但是，拖到坑邊的時候應該不會還在噴血。而且，即便是淌血也會滴在坑邊的土堆上，隨著填埋血跡會被清理乾淨的。現在坑邊血跡很重，而且瀝瀝拉拉灑出很遠。

檢查組的人頭皮發麻——出事了！

立即請人挖開，傻眼了！馬的一條前腿已被人割掉。

隨即，全村排查沒有發現情況，又到鄰村查，也沒有。後來有人說這是外人做的。所謂外面人大概是指那些時常來村裡賣豆腐絲的、泥人換破爛的、補鋼籠鍋的……也有人說是村裡邊那群年輕人做的。劉某平時就偷雞摸狗，一定是他們，他們連貓都吃。

最後，此事無果而終。

時隔多年，我一直納悶：怎麼會查不到呢？那是個往油鍋裡扔一隻蚱蜢全村人都能聞到味道的貧瘠歲月，吃肉，全村人會聞不到？

後來才聽說，是上級單位的一位副主任平息了此事。他對獸醫站的專家說：「我不擔心什麼四號病、五號病，反而那個氨水沒關係吧？」專家說：「由馬的主動脈注射，血液循環，腿部多少有點影響。不過，這東西鹼性大，用水多洗幾遍就沒事了。嘿嘿，要是真有事發生的話，恐怕是早就死一堆人啦！」

主任說：「唉！一年到頭吃不到幾次肉，餓死膽小的！那麼大的牲口就這麼埋了，怪可惜的。」

後來我又聽說，此事是村北的幾家人一起做的。他們連夜卸腿，連夜分割，連夜煮食，滴水不漏。

王鴻舉聽說這件事時，剛喝完一碗湯藥，便又昏厥過去……

四

「大紅馬風波」總算過去了，接著「月餅事件」又上演了。大馬村出的事大多與吃有關。大馬村人是「腳從田壟過，口知青蛙鮮」。

轉眼快到中秋了，這天李五與王四在場院裡工作。該休息了，李五說：「八月節該吃月餅了。媽的，現在要是有月餅的話我能吃一公斤！」

王四說：「吹牛！」

李五說：「不信？打賭！」

王四說：「賭就賭，你如果能吃一公斤，我再輸給你一公斤。你要是吃不下，輸給我三公斤。」

「好啊！好啊！」

「快買，快買……」

一時間，整個場院的人興奮異常。

王四很快從小賣部買來兩斤頂部印有紅圈的「自來紅」月餅，一共十塊。

李五一點都沒含糊，一口氣五塊就吃下去了（前四塊基本上是嚼都沒嚼直接咽下去的）。吃第七塊時，李五說：「牙不太好，能不能不吃裡頭的冰糖，黏牙。」王四說：「行。」吃第八塊時，李五伸出的手青筋綳起；吃第九塊時，雙眼充血；當他顫抖著將手伸向第十塊時，全場鴉雀無聲——人們害怕了，這是要出人命呀！

正在這時，一個女人哭喊著衝進人群，一把抓住李五，一腳將月餅踢出老遠。大家定睛一看，是在後院餵豬的李玉琴——李五的二姑。

五

二〇一三年，我回到闊別近三十年的故鄉大馬村。鄉音已改鬢毛也「衰」了，可大馬村卻年輕了。當年老石匠羅振中所說的「大馬村三件寶——蚊子叮、跳蚤咬、晚上睡覺蛤蟆吵」的景象再也不見了，但見小樓林立，街道整齊，巷弄規整，路燈輝煌。

王鴻舉早就去世了，如今他的兒子當了大老闆，每日開著 BMW 進進出出。李五與王四也老了，兩人每天坐在村口閒聊。

「六環」穿村而過。說是「環線」，在地圖上看果然像一個大圓環，但路經大馬村的這一段，卻筆直得像一把利劍將小村一切兩段。連接村東西的是一架高大的立交橋。站在橋下，聽著橋上呼嘯而過的尖利車聲，真切地感覺到環線有如一個碩大的時光磨輪在打磨著這個古老的小村莊。

從村委會提供的資料中了解到：截至二〇一一年末，大馬村有耕地面積九百五十畝，菜園面積五十五畝，設施農業四百三十畝，其中蔬菜大棚兩百五十間；建有一個養殖場，十家企業；人均住房面積六十平方公尺；有幼稚園一所、電影院四家，益民書屋一間，藏書四萬餘冊；有國民運動中心一處。全村經濟總收入六千九百萬元，農民人均收入七千五百四十八元。

大馬村變得富饒了！

王鴻舉那種一心想透過牲畜的無朋巨力贏得一個好光景，以及村民偷食馬肉和李五試圖用賭博來贏得一頓美食的荒唐歲月，一去不復返了。

夕陽西下，佇立街頭，在我淚光朦朧的眼睛裡，過去的一切正沿著西風古道漸行漸遠，而未來的小村正如奔騰之馬揚蹄而來……

第二輯　柔軟時光

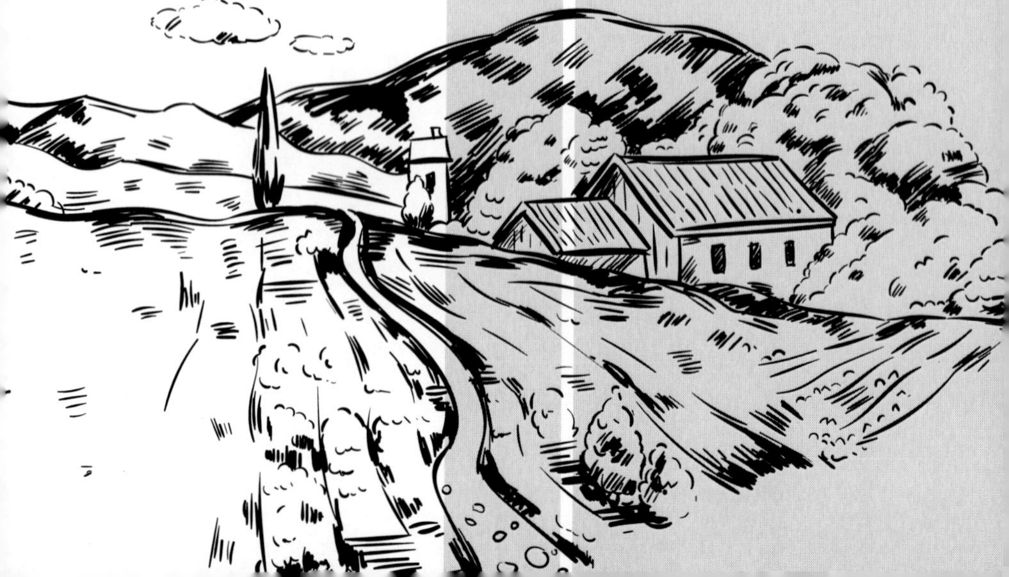

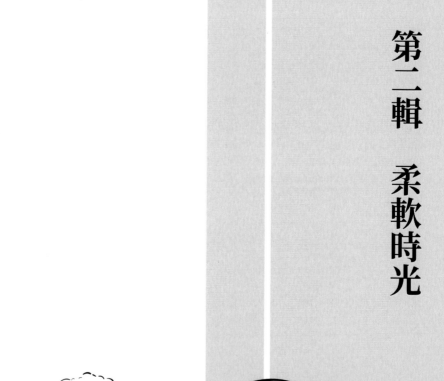

聽鬼故事長大

鬼故事是農村孩子的童話。

一個在農村長大的孩子，心裡不裝幾段能把人嚇得心驚肉跳的鬼故事，是令人同情的。換言之，一個心裡沒「鬼」的農村孩子，要想在這個充滿「鬼怪」的世界打拚，根本長不大。

是的！鬼，也是鄉村沃土盛產出的除五穀雜糧之外的一種「農作物」！

我最反感某些「山寨農村」的作品：一提起鄉村生活就「枯藤老樹昏鴉，小橋流水人家」；一說起在鄉村聽故事就是「月亮在白蓮花般的雲朵裡穿行」，我們坐在葡萄架下聽奶奶講牛郎織女的傳說。搞得奶奶跟下放到農村的大學教授似的。哪有這麼浪漫呀！這都是城裡人對鄉村生活的臆想。

我們根本比不上城裡孩子，一個天、一個地。城裡孩子那時也苦，但他們有小書看，有報紙讀，有「收音機」聽（裡面有孫爺爺講故事），還有電影、話劇看。我們農村什麼東西都沒有。村子裡收音機很少，猴年馬月有一場電影，各院輪流放映。農村少年的生活主要靠這種「口頭文學」——也就是聽故事來解決。

大馬村能講童話、傳奇和驚悚故事的人大致有這麼幾位。

梁老師，女，能講正宗童話故事：《賣火柴的小女孩》、《大灰狼與小黃帽》，等等。講述地點：課堂。

姜志，退伍軍人，見過點世面，主講《一隻繡花鞋》、《綠色屍體》等。講述地點：鄉村的田間。

呂學義，念過幾天私塾，主講《聊齋志異》。講述地點，村裡辦紅白喜事的人家。

梁老師的童話受歡迎程度普通。因為什麼東西一進入課堂，就會變得枯燥無趣。村裡孩子也不喜歡圍著她聽故事。一是找不到她，她那時可能忙於研究，一天除了上班，其餘時間看不到人；二是誰沒事喜歡往老師面前湊呀！

姜志的傳奇受歡迎程度強烈。因為，故事生動曲折、驚心動魄。只是一般小孩子因為上課聽不到。

呂學義的《聊齋》受歡迎程度強烈。因為能寫一手好毛筆字，他經常受雇寫花圈、挽聯、挽幛、花幛等。農村的紅事白事都可稱為喜事，一旦誰家有事，一村人都跟過節似的歡天喜地。往往在這種時刻，平時抬不起頭的老呂便會德高望重起來。大家圍著他聽那些狐仙女鬼的故事，在沒有電視的歲月裡，還是很過癮的。

以上這三位，是文人，講述的基本上都是文學作品，應該算是當時「鄉村版《百家講壇》」的壇主名人。實話說，這三位的講述對我沒有多大影響。真正深刻影響到我，把我嚇得靈魂出竅、屁滾尿流的是時常到我家串門、坐在炕頭，住在村後頭的王二奶奶。

王二奶奶的故事按時下話說叫接地氣。

梁老師的童話，總是發生在「朗朗阿夠」(英文)——很久很久以前的歐洲；姜志的傳奇，總是發生在民國初年；呂學義的聊齋總是發生在古時候；而王二奶奶的鬼故事大都發生在前年冬天、去年夏天、昨天晚上的村前、街後——有鼻子有眼睛，跟真的一樣！

大家一定想聽王二奶奶的故事吧！好的，那就講上兩段。

一

前年秋天，王二爺爺在村裡的一個被村人稱作「大三尖」的地方看青(也叫「護秋」，防止有人偷莊稼)。畢竟是秋天了，天快亮「鬼齜牙」的時候，王二爺爺感到寒意難當，於是，找了些枯樹枝、爛草棍「慪」起一堆火來。王二爺爺睏意朦朧地蹲在火旁伸出雙手烤火取暖，烤著、烤著感覺不對勁，猛睜眼一看，我的天呀！火堆四周全是手，根本看不到人！王二爺爺以爲自己眼花了，又用力揉了揉眼，定了定神，一看還是這樣，於是急忙撲滅火，回到家，蒙頭大睡兩天。

王二爺爺不敢對外人聲張，因爲他知道，那地方死過很多人。最後結論：「大三尖」那地方──髒！

二

「前天黑夜，我到小馬村『拐先生』（老中醫）家看病，把完脈，抓了藥，又說了一下話。回來時，走到東邊那片杏樹林，老覺得背後有人跟著我。果然，我一回頭，看到樹後面站著一個白影子，沒有腦袋。我走它就走，我停它也停。最後，我把鞋脫了，反穿著走，它跟不上了。」

據王二奶奶介紹，她那天碰到的不是鬼，而是魔。因為那地界是專扔死孩子的地方。魔，就是那些東西歷經風吹日晒、月照雨淋演化而出的。王二奶奶說：「對付魔的辦法就是反穿鞋走路。」

我的媽呀！這是什麼原理？遇到那東西，怕是正著穿鞋都跑不快，還倒穿著？

哎，這就是王二奶奶經常對我們講的貨真價實的、鄉土氣息濃郁的鬼故事，有點恐怖吧？要是在寒風呼嘯的夜晚聽才可怕呢！別看王二奶奶大字不識一個，但她年輕時喜歡看戲、聽書，也學會了「使扣子」、「抖包袱」這些演講技巧。因此，講起這些來起承轉合均繪聲繪色，極具殺傷力。

那年月，我們農村沒有廁所之說。晚上排泄家家都拿一個砂盅子當尿盆，放到門口處。即便這樣，我晚上想要小便都不敢下炕，而常常是直接在褥子上「畫地圖」。到後來，上中學時我的地理成績突出，應該是與這事有很大關係。

不用指望王二奶奶說這些故事能傳播什麼正能量，能道出什麼因果報應的樸素真理，更別指望有什麼「人鬼情未了」的絕世真情。沒那回事！她與呂學義講的《聊齋》還不同，雖然《聊齋》裡邊也有鬼，但是那些鬼都是高級的鬼、藝術的鬼、榮登文學殿堂的鬼。而王二奶奶講的是我們鄉村的土鬼，直說吧！它就是道道地地的迷信。它的作用就是嚇人，使聽故事的我們驚悚戰慄。

在農村，一場大風能使村莊戰慄，一瓶老酒能使男人戰慄，一副寬廣的胸膛能使女人戰慄，而一個鬼故事則能使農村少年戰栗。在那個愚鈍麻木的歲月裡，這種戰慄尤為可貴。當然，王二奶奶也能從圍聽故事的孩子們的驚恐中獲得敬畏、尊重與滿足。

王二奶奶的講述，給我打量大馬村——這個貧瘠的小村莊提供了一個全新的視角。我甚至都能透過她的講述繪製出《大馬村鬼蜮地圖》來。這使我敬畏地感覺到：鄉村不光是活人的村莊，它還是已故先人的村莊。他們並未離我們遠去，在另外一個世界裡一定還有一個大馬村存在。當然，如果非要論及這些故事對我影響的話，我只能說它壯了我的膽。就像《紅燈記》中李玉和唱的那樣：「臨行喝媽一碗酒，渾身是膽雄赳赳！」心中有了王二奶奶的那些鬼墊底，我在往後的人生道路上無所畏懼。

多年以後，我移居外地，後又到一個礦山工作。

那年秋天礦山發生一起重大安全事故——我的一個同事不慎掉進了四百公尺深的豎井裡，粉身碎骨，慘烈至極。屍體撿撈出來之後，在礦山醫院進行了簡單的縫合，勉強湊成一具全屍，被放到太平間裡，等待家人來處理後事。

所謂太平間，不在醫院裡，而是在離礦區半公里左右戈壁荒灘上的一個小房子裡。當晚安排守護人員。每組三人，分上下夜兩個組。我當時是工廠主任，便主動要求參加值班，被排在上半夜。我們值班是在太平間外面搭的一頂小帳篷裡。前半夜，我們吃肉喝酒。想不到，剛過午夜，其中一人腹痛難忍，我看他豆大的汗珠直淌，知道這不是裝的，便趕緊安排另外一人陪伴他去醫院。

他們一走，濃重的夜色和陣陣寒意便向我圍裹過來。在這前不著村、後不著店的茫茫戈壁，我感到了極度的恐懼。

我恐懼那漆黑的夜色與無助的孤單，恐懼命運的無常與生命的短暫，恐懼前途的未卜與青春的易逝，但腦海中絕對沒有鬼魂的觀念。其間，我幾次走進停屍間，去查看裡面燃燒的蠟燭與香火。

死者比我大兩歲，長得身材魁武。生前與我關係不錯，一起吃飯玩牌。死時還欠我兩千元（這在當年是大數目）。我與他無仇無怨，他嚇我做什麼！

特別讓我至今都感到難受的是，他到死也沒結婚，可能還是個處男。

礦山男人找對象難，這是世人皆知的事。女工少，即便有，也輪不到他。只有一個辦法——回老家去找。但雙方分隔兩地，也很難成功。

他好像談過一兩次戀愛，每次都全力投入，捨得花錢。好像最後這個他連未來小舅子的房子都幫著蓋起來了。但就在出事的那天早上，聽同事說，他收到一封信，信上說那女孩跟別人交往了。因此，他神情恍惚，上班時出事是難免的。

唉——人啊！

正在我惆悵之際，遠處車燈晃動，接班的人來了。

幾個人到來，知道剩我一人看守後，大驚不已！不約而同地問我「：你不害怕嗎？」

「怕什麼？」

「鬼呀！」

我淡然一笑「：哪來的鬼？」

但與此同時，我在心裡慨嘆：這世間真正可怕的是人心中的「鬼」啊！

姥姥家唱大戲

一

「拉大鋸、扯大鋸，姥姥家唱大戲……」兒時的這首記事童謠，帶給我的除了甜蜜的回憶，更多的卻是諸多的疑惑。

一、唱大戲這種事關鄉村精神文明的活動，為什麼總在姥姥家進行？

二、唱大戲這種文藝活動與拉大鋸、扯大鋸勞力工作之間有什麼必然的連繫？

三、唱大戲這首兒歌對兒童有什麼教育意義？

〈拉大鋸〉的童謠流傳甚廣，而且還有許多版本。還是先說一首我記憶中的版本——：

拉大鋸，扯大鋸，姥姥家唱大戲。

接閨女請女婿，小外孫子也要去。

不讓去，嘰裡咕嚕滾著去！

其他的版本前面幾句都一樣，只是後面稍有不同，大致有這麼幾種——「接姑娘，請女婿，就是不讓冬冬去。不讓去，也得去，騎著小車趕上去」；「接姑娘，送女婿，小外孫也要去；姥姥不給飯吃，上房後吃巴巴蛋去」；「他媽不讓去，嫌他太淘氣。姥姥家不給飯吃，舅舅給殺個大公雞，蒸也蒸不熟，煮也煮不爛，急得外甥直打轉」；等等。一眼就可以看出，這是一首由娘家人出品的作品。

這樣的歌謠，可以是媽媽說、姥姥說、舅舅說、姨姨說，絕對不會由爸爸說、奶奶說、叔叔說、姑姑說，因為，這會很掃婆家人的面子。

二

這是一首有行為動作，有情節發展，有詞法比興，合轍押韻、朗朗上口、富於音樂感的童謠精品。流行面之廣，僅次於那首「小小子坐門墩，哭著喊著要老婆」。

想像一下：媽媽盤腿坐在炕頭上，小寶貝坐在對面。溫暖的陽光灑進房間，媽媽用雙手拉住孩子的小手進行「拉大鋸」的遊戲。一邊拉來，一邊送去，一邊口中振振有詞地唱著歌謠。特別是到最後一句「嘰裡咕嚕滾著去」，媽媽很可能將小孩向後推去，最好讓他打個滾，「咯咯咯」的笑聲似春風、如春水一般，溫柔拂面，沁潤心田。

媽媽們也在這種有意無意的遊戲間，完成了對兒童的「母性教育」。

每一代人都有自己的童謠，每一段童謠都充滿了美好的童趣，不論內容是否有教育意義，都會帶給人們童年的回憶。可以說，孩子們都是伴著童謠長大的，沒有童謠就沒有童年！

話雖這麼說，但是具體到這首「拉大鋸」，怕是「當事人」——小嬰兒還懵懂無知。因為這是一首配合對孩子進行坐臥練習而研發的歌謠。按照老話說，孩子「三翻六坐七滾八爬十二走」每一個環節都很關鍵。在訓練孩子視、聽、觸、味、平衡感時，再配以動聽的歌謠，即可完成對孩子的身體及心靈的撫觸按摩。媽媽們也就會抓住這一難得的時機「乘虛而入」，不管此時的孩子聽得懂聽不懂。

針對這一狀況，眼裡容不下一粒沙子的婆家人是不會善罷甘休的。當孩子初萌人事時，婆家人打響了「自衛反擊戰」。一首「男性教育歌」橫空出世——

小小子，坐門墩，哭著喊著要老婆。
老婆做什麼？做鞋做襪，點燈說話，
吹燈就伴，早上起來梳小辮。

這種「赤裸裸地教唆」說到底，在警告孩子（特別是男孩子），去姥姥家看看戲是可以的，但是別忘了為奶奶家傳宗接代的使命。

三

掰扯完這首兒歌的「社會文化背景」之後，我們來說說拉大鋸與唱大戲。

拉大鋸這種工作在電氣化的今天怕是早已消失了吧？在當年的大馬村還是可以時常見到的。特別是村裡的老人突然去世，家裡又沒準備好棺木時，只好現伐木，現破板材，現打棺材，這在當年的農村有個專用名詞叫「趕熱活」！

趕熱活中最苦最累的環節就是破板材。因為樹是現伐的，濕重凝澀，根本拉不開鋸。所以，必須兩個人把木頭架起來，呈高射炮狀，一人在上、一人在下，依照畫好的墨線用力拉動大鋸才行。每次施工周邊都要圍觀很多人，就跟看戲一樣。可這種工作所受的罪不是一般人能承受的。

至於唱大戲，那就熱鬧多了。

秋忙過去了，麥子也種好了，地裡的工作就少了，人們閒下來了。地光場淨的時節，農人們的心裡就會荒草叢生。燒掉這些「草」，要麼用酒，要麼就用比酒還要濃烈、還容易上癮的廟會，而唱戲永遠是廟會的主角！

每年的農曆九月二十八廟會，照例由村裡主事的舉辦。請一臺戲班子，連唱三天。為的是聚人氣，提心氣，讓荒無人煙、蔓草叢生的心靈得到慰藉。村裡家家戶戶接閨女、請女婿，三姑六舅也都跟著歡天喜地團聚，總要來來回回地鬧上兩三天方才停歇。

請注意：每次唱大戲莊戶人家都要接閨女、請女婿。由此，我們也就明白了：並不是姥姥家總唱大戲，而是奶奶家也在唱。只是看待這件事的角度不同罷了。

大馬村人常把看戲叫作聽戲。地處農村的我們並不喜歡高雅的歌劇，也不太聽得慣高亢激昂的曲調，我們村裡的人都喜歡聽評劇（也叫評戲）。

評劇特點是念白和唱詞口語化，非常容易聽懂，因此很受村民們的歡迎。比如，同樣說天黑這件事。《貴妃醉酒》裡唱：「海島冰輪初轉騰，見玉兔又早東升。那冰輪離海島，乾坤分外明。」——錯綜複雜，到了評戲裡就簡單多了：「鳥入林，雞上窩，黑了天……」

評戲有許多小戲很有意思，如《小女婿》、《小借年》、《小姑賢》等，這都是些開場小戲，用來熱場。既然花錢唱大戲就要唱「大軸」的——《劉巧兒》、《花為媒》、《秦香蓮》、《棒打無情郎》（也叫《金玉奴》）等。這些戲要麼歌頌自由戀愛、美好婚姻，要麼鞭撻忘恩負義、喜新厭舊。所以，姥姥接閨女、請女婿的用意昭然若揭。

當然啦，一臺搭在村子裡的大戲，能使多少看戲的年輕人芳心暗許、借戲傳情，這得專章論述了。

忽然想起，一個發了財的朋友回報家鄉，為家鄉建了座小劇院，可以觀影、唱戲、打檯球，請我替它取個名字。

我想都沒想就說：「叫姥姥家劇院吧！」

他問：「為什麼？」

我說：「姥姥家唱大戲呀！」

半瓶子醋瞎晃蕩

話說有一天，老婆忽然問我：「如果當年你不來外地，那麼現在你在老家會做些什麼？」

我非常認真地想了想說：「有幾種可能。第一，如果當年在學校能夠好好學習，不是一天到晚忙著給女同學寫小紙條，我可能會考個師範大學，當個老師。」

「別往臉上貼金，嚴肅點！」

見她生氣了，我只好一本正經地冥思苦想。

說真的，我確實沒好好地想過這個問題。

第二種可能：以我對當年老家年輕人就業方向的觀察，我可能會學個技藝，做個職人。瓦匠？木匠？我身體單薄，可能會學木匠。

證實我這個判斷所參考的對象是我的堂弟。他曾是我的同班同學，當他上到還差一年就國中畢業的時候，就退學去學技藝了。

木匠！

我不是在講一個失學少年的悲慘故事。就西元一九八〇年代我們那所鄉村中學來說，沒有好師資，更沒好學風，所以畢不畢業無所謂。早早學點手藝，養家糊口，挺好！（真的，我們初中一畢業，那所學校就關閉了。）

我堂弟學木匠拜的是我們那一帶赫赫有名的木匠名家周瘸子為師。

木匠講究四大功課——錛、刨、斧、鋸。周瘸子有兩手絕活：一是錛子功，二是斧頭功。

木匠的錛子跟鐵鎬差不多，只不過錛子頭磨得雪亮，快得能刮鬍子。在農村當木匠必須會耍錛子，因為農村的木料全是圓樹幹，先用錛子把圓樹幹砍出一個平面，然後才能畫線鋸板子。

耍錛子是個穩、準、狠的技術，錛子砍深了浪費木材，人家不做。砍淺了容易傷著自己的腿和腳，沒有多年的功夫學不會這門手藝。

周瘸子的絕活是：脫光了腳，用腳拇指壓住一顆葵花籽，然後，把錛子掄過頭頂準確地劈開瓜子皮而不會傷一點腳趾。為了練這一手，他砍傷了腳脖子，留下了「瘸子」的諢名。

二是斧頭功。倒不是用斧頭劈東西，而是將一隻手錶放在桌面上，上面蓋上一張薄紙，往斧頭的方頭上吐一口唾沫，之後掄圓了砸向手錶。講究的是斧頭僅把紙黏起來，而手錶面不受傷。

開玩笑，那年頭，一個手錶能換一個老婆呢。沒兩下子真功夫，不敢玩這個。

我堂弟沒得到周瘸子真傳，只是由大師兄帶著到處跑。那時，農村工作很多，蓋房子、打傢俱，趕熱活。

趕熱活就是趕急活。誰家老人突然去世，如果沒有棺材，也沒有現成的板材，就只能現伐樹，現破板，現組裝。「三長兩短」當天完工。（呵呵，原來「三長兩短」指的就是棺材）

我說的這些都是聽堂弟告訴給我的。他那時當學徒，每天不管多晚回來都要到我家和我聊聊天，講一講一天的心得和哀傷。

學徒苦啊！「三年零一節」方能出師。這期間，沒薪酬，吃不飽，睡不好，每到年節，還要好菸、好茶、好酒孝敬師傅。

有一天晚上，他到我家，我看他老是捂著右手。我問：「受傷了？」

他眼含淚點點頭，伸出右手一看，手背紅腫。我問：「怎麼回事？」

他說：「晚上吃飯，餓極了，筷子伸到別人面前的盤子裡去了，被師兄用筷子抽的。」

當時，當學徒吃飯只能吃自己眼前的菜，這是規矩！而且，眼睛要時刻盯著師傅和師兄們的飯碗，以便隨時給他們添飯。常常是好不容易輪到自己吃口飯了，師傅卻吃飽放下筷子，這時自己說什麼也不能再端碗了。

堂弟時常挨師兄的打。時間一長他就生出退學之意，不做了！

我和我媽就趕緊勸他要堅持住。我媽說：「你上學就上出個半瓶醋，現在學徒再學出個二把刀，這怎麼好？名聲壞了，將來伴侶都不好找。」

「半瓶子醋瞎晃蕩」，這是我小時常聽的話。老師批評學習不好的學生，師傅責罵學藝不精的徒弟，都用這句。而民間對於這二者更是發明了專用名詞——二把刀，嘲諷那些知識不足、技術不高的人。

周瘸子當年還不是為了混成「一瓶醋」「一把刀」而苦練致殘的嗎！

唉——！說這些都是三十多年前的事了。

如今，隨著時代的高速發展，對這句話也提出了挑戰。難道做什麼都必須學好、學精？就不能邊做邊學，半瓶子醋慢慢晃蕩嗎？

年前我回老家探親，見到了堂弟。這傢伙如今可不得了了。大賓士、大工廠、大豪宅、大胖子——他發福了。

我說：「行啊！如今徒子徒孫滿世界了吧？看把你養的。」

他一臉不屑地說「這年頭誰還拜師學徒啊？」

我說：「你傢俱廠的那些個人，不是你徒弟？」

他哈哈一樂：「……不像我當學徒的時候了，現在都是按照生產程序、機床控制啦！工人也都是現招的。」

世易時移！回老家看到的景象對我更是有很大的觸動：以前連自行車都不會騎的人現在城裡開計程車；以前連飯都做不好的人現在開飯店；我堂嫂國中畢業，現在在社區裡當電腦輔導人員……

「不會，就慢慢做、慢慢學啊！」這是他們對我的疑問給出的共同答覆。

綜上所述，對於「半瓶子醋瞎晃蕩」這句老話我有了新的理解：

瓶中沒醋，沒得晃蕩；

醋太少，晃蕩不出來；
醋太滿，晃蕩不開；
半瓶醋剛好！
但是，要記住：晃蕩出多少，您得趕緊補進去多少！

別拿白薯不當乾糧

一

有一部電視劇叫《別拿豆包不當乾糧》，戲還不錯看，但是這個劇名令人反感。豆包——皮是麵粉，餡是豆，從裡到外都是糧食，為什麼不能當乾糧？後來弄清楚了，所謂「豆包」——就是對一些個頭不高、氣量不宏的男人的特殊稱謂——小豆包嘛！意思是：別不把這些小男人當一回事。

看到這句話，也不由得想起我們大馬村當年流行的一句與此類似的話：別拿白薯不當乾糧！

比較之下，我覺得我們這句話更靠譜。因為，白薯也叫地瓜。所謂「瓜菜半年糧」，拿白薯當乾糧，屬於標準的「瓜菜代」。

此外，我們這句話也有所指。

在大馬村，我們把那些個頭高大、性格木訥、行動遲緩的人稱作「面瓜」或者「大白薯」。此話的意思是說：別拿這些人不當頂梁柱。

二

白薯到底能不能當乾糧？你說了不算，我說了也不算，到底誰說了算？

我媽！

我常與八十歲的老母親聊起當年的艱苦歲月，我媽聊著聊著就會聊到白薯上。在當年農村有一種叫「白薯命」的說法，形容農民的困境，恐怕說的就是這。

我問：「三年天災時你們都吃什麼？」

我媽：「白薯乾、白薯秧、玉米皮、棒子瓤子。」

「當年修水庫你們帶什麼乾糧？」

我媽：「蒸白薯，白薯乾麵饅頭。」

「白薯就那麼好吃？」

我媽：「你沒那口福。白薯壓碎，過細籮，摻上榆樹皮、細籮棒子麵、蕎麥麵，壓餄餎，做板條，撚貓耳朵……雞蛋打滷，嘿！那叫一個香。」

漏粉條，將生白薯切成片，放到大盆裡用水泡，放一段時間等「出團」；再控出水，盆底就是白白的粉漿；晒乾後，就是團粉（澱粉）。秋後，水瓢鑽細眼、開方孔，用它漏粉條——細粉、寬粉。過年時做豬肉燉粉條，小火慢燉，香味飄出，一條街都能聞到。現在超市的粉條，那也叫紅薯粉條？剛下鍋就糊了，哈哈哈……

爐白薯，不是現在街頭那種由汽油桶改裝而成的烤白薯，而是在緊挨土炕的，被叫作「地蹦子」的爐子上烤出來的——沿爐口把洗乾淨的白薯碼成高高的一圈，再扣上一口大號鐵鍋，這樣爐出來的白薯，因密封性好，飽含爐香。或者，燒炕時往灰燼中扔進去幾塊白薯，單等明早起床，翻身、探掌、扒灰、取薯、剝皮、爽口！

三

白薯原產地為南美的墨西哥、哥倫比亞等地，明朝時從菲律賓等地傳入，有詩為證：「呂宋始發成萬曆，生烹炸煮烤俱佳。」——正宗舶來品。

別看玩足球我們玩不過南美洲，但種地瓜我們可稱得上頂呱呱！

這東西分布甚廣。「別拿白薯不當乾糧」，這話也適用於它自身。它是農家的保命糧，經過幾百年的修煉，其耐旱、高產、不忌重茬，「命賤責重」，是其區別於他種作物的顯著特徵。

它雖是一季作物，但生命過程貫穿全年。

一月，秋貯白薯，在井裡窖裡睡覺。

二月，劈啪的炮仗聲將它驚醒，春節來了。走出窖井，捨身赴宴做一道拔絲白薯。

三月，薯媽媽要生寶寶。先備產房——建白薯炕。高粱稈搭床，馬糞鋪炕。塊塊種薯入肥中，邊邊沿沿淌到水。苫上葦席像紗巾，天天加火要小心。溫度低，誤事；過燙，種薯熟了。躺在熱烘烘的炕上，薯媽媽別提多舒服啦！

四月、五月，拔薯秧，栽白薯。清晨傍晚，拔得薯秧，百十棵為一捆，放入水盆或戳在涼地，鋪著清水浸過的麻袋。栽白薯靠合作，挑水、挖坑、栽秧，你奔我忙，心氣一致。

六月、七月，農田裡忙得不可開交。種玉米、耩芝麻、割麥子、耪穀子、拾掇蔬菜。白薯們好管理，除除草，翻翻秧，不打藥，不追肥，薯田一派好風光。

八月、九月，依然翻秧。右的甩左邊，左的甩右邊。九月天轉涼，薯塊「大」變樣。壟上靠近薯根處常見裂口，是薯塊撐開的。

十月，寒露節刨白薯。幾個流程：割藤、刨掘、運輸、貯藏。刨白薯標準動作，一棵白薯三次鎬。左側右側使用力挖，露出薯塊莫急招，三鎬兜底要堅決，整坨薯塊出來了。

收貯白薯講究多，清理窖底碼平擱。白薯入了窖，人鬆一口氣，大半年的希望擱在了井裡。

十一月，晾晒白薯乾，擦絲，瓦「團粉」（太白粉），後續「漏粉條」。

十二月，白薯睡大覺，人眼來年翹。白薯大豐收，荒年心不跳。

四

我們村的孫貴良（化名）因身材高大、性格愚鈍、一身蠻力、別無長處被稱作「大白薯」。

那年，他在一個火車站貨場工作。當時社會風氣很亂，常有小流氓過去騷擾他們。後來才弄清楚這些人是與他們同行的人雇的。工頭很煩惱，也害怕這些人，無計可施。

那年冬天的中午，他們正在工棚裡午休。帳篷裡很溫暖，一個小煤火爐火苗很旺。火爐中插著許多細鐵條，燒得通紅。這是用來通被冰封的車廂把手的。

正此時，一群小流氓進來了。一個個敞著胸裸著懷，身上刺著青龍白虎，非常令人害怕。

工頭縮著頭不敢說話，大白薯正捲著黃花菸，緊張得不敢正視那些人。菸捲好，找不到火柴，就叼在嘴上。

一個小流氓看到他就問：「抽菸沒火是吧？」

大白薯一哆嗦說：「有！有！」鬼使神差地站起身，來到火爐旁，伸手抽出一根通紅的鐵條，鎮靜地點了菸。手被燙得滋啦作響、滴答掉油，一帳篷人都大驚失色。

那群人見此景並未作聲，轉身離去，從此安然。

這一下子，孫貴良出名了。人們問他為什麼這麼勇敢？他支支吾吾地說不清楚。反正，當時一緊張就這麼做了。

他的手，因為老繭很厚並未受多大的傷。到小馬村老中醫拐先生那裡抹了點獾油，很快就沒事了。

他的事成了人們茶餘飯後的談資。說到他，人們往往在最後都要補一句：「別拿白薯不當乾糧！」

你若安好，那還了得

許多人把童年的記憶稱作「靈魂的細軟」。我的細軟裡，總有一些粗硬的東西，枝枝楞楞的，拔又拔不掉，撿又撿不出，撫又撫不平。有時在睡夢中被它硌醒，有時在歡愉中被它刺痛。我也時常埋怨自己的小心眼，該放下的總放不下。後來看到許多名作家對待這些小事態度也都如此。

有篇文章叫作《針尖大的事情》，講的是作者當年在職場遭遇到的一些微小但很噁心的事。這些事，像針尖一樣大小。她說：「正因為它們像針尖，所以扎起來特別痛。」

我的這些「針尖」有些什麼呢？待我慢慢講來吧！

一

上小學一年級時，同學老疙瘩的大姐結婚，一時間他成了暴發戶——擁有了半個書包的糖果。

他很大方，同學中比較要好的，人人有份。我和他關係普通，卻意外地分到五塊牛奶糖。

後來，不知道因為什麼，我和他鬧翻了。他就要求我歸還他那五塊糖，每天上學說，放學要，課間逼，路上截，弄得我沒處躲沒無處躲藏，狼狽不堪。迫於無奈，我只好啟動了償還外債的計畫。

那時，一顆水果糖一塊錢，牛奶糖至少要兩塊錢，五塊就要花十元。天啊！我要去哪籌這筆「鉅款」？

當時一個小孩子的籌款途徑無外乎三個：跟家長要，偷雞蛋賣錢，賣破爛換錢。第一條就別想了，第二條更難。那時，我們家的GDP就是雞的屁股（在這一點上，我媽看管的比獄卒還嚴厲）。因此，家裡那幾隻育齡下蛋的老母雞被我媽看得嚴嚴實實。所以，在雞蛋管理上怕是動不了什麼心思。

對內挖潛無果，我只好對外開源了。我來到我們村的活動中心。活動中心由兩排低矮的土房子組成，院子裡時常掛著破破爛爛的衣衫，遠看就像個難民營。但是這裡往往有驚喜。破鞋爛臉盆，舊書舊飯盒——如果能走大運撿到一隻鋁飯盒那就發了，鋁要比鐵值錢多了。當時，全村只有知識份子們用鋁飯盒吃飯。

可是，我轉了一圈一無所獲，知識分子們比我想像的窮得多。

此時，正值盛夏的中午，知了聲叫得人心煩無比。我坐在宿舍後面的陰涼處垂頭喪氣。這時，一陣濃重的鼾聲把我驚醒。一回頭，才發現鼾聲是從背後宿舍大開的後窗裡飄出的。

我站起身往裡探望。宿舍裡架滿了床，都掛著蚊帳，看不到人。而裡邊的窗臺上一大排刷牙杯出現在我的眼前，天啊！驚喜出現了。

每個杯子裡都有一管大號鉛皮牙膏。牙膏很值錢呀！每條四塊錢——我發財了！

最終，我把那五六管牙膏都擠到一個杯子裡，滿滿的，顫巍巍的，又被我放回到窗臺上。

這筆盜竊來的不義之財，不僅使我還清了外債，還買了一塊心儀已久、散發著水果糖香味的橡皮擦、一本圖畫本、一盒蠟筆和一根小豆冰棒。但我的心一直高興不起來，這畢竟是我平生第一次做賊，是老疙瘩逼的。

可是，我不恨老疙瘩，我恨那個貧窮的童年！

二

上中學時，班裡有個好孩子。所謂「好孩子」，就是功課好；所謂「功課好」，就是數學學得好，而並非德智體兼優（「學好數理化，走遍天下都不怕」是這個好孩子的口頭禪，我也領教過她所謂的「不怕」）。像我這種數學常不及格、作文時常滿分的學生從未被當作好學生。這種情況，別說三十年前了，就是三十年後的今天，仍然一個德行，毫無改觀。因為我的兒子正在走我的老路。

好了，我們今天不說這個。

話說那年夏天的一個下午，我做完值日放學回家。此時，整個校園靜靜的沒什麼人了。走到校門口，我突感口乾舌燥，就來到大門口賣冰棒的老太太那裡，走近前才發現，那個好孩子也在。

她先要了一根雪糕，之後說：「雪糕一元一根，冰棒五元一根，我用雪糕換兩根冰棒行嗎？」

老太太說：「行啊！」就讓她調換了。

好孩子接過冰棒就走，老太太一把拉住她說：「你還沒給錢呢？」

好孩子一臉疑惑地問：「什麼錢？」
老太太：「冰棒錢吶。」
好孩子：「這是用雪糕換的呀？」
老太太：「但雪糕你沒給錢呀！」
好孩子：「雪糕我根本就沒吃！」老太太和我都傻住了！
好孩子一手一根冰棒，甩噠甩噠走了。

三

剛進入職場時，我看什麼都新鮮。這就算是出社會了吧！進入到更大的林子，能見到更多的鳥，興奮無比。

那時，我們都吃大食堂。在大食堂吃飯，就是一個窗口打飯，之後坐在食堂大廳裡吃。這些看似隨意的行為，其實也有很多章法可尋。有人習慣坐某個位置，一旦被人占了就很不自在；有人習慣和某些人一起吃，一旦那些人沒來就索然無味。這都是人之常情，無可厚非。

我經常和幾個剛分發過來的大學生一起吃飯。近朱者赤，受益匪淺。比如，在公司行政部門工作的那個，永遠衣冠楚楚——「頭可斷，頭髮一絲不能亂；血可流，皮鞋不能不擦油」，出口成章，頭頭是道；吃飯從不浪費，吃多少裝多少；吃米飯，必一粒不剩，掉到桌上的也要一粒粒撿拾乾淨；常常是在眾人的側目中，道一聲：「粒粒皆辛苦，家訓，家訓，習慣了！」

但半年後的某天，晚飯時，他可能加班，來得有點晚。食堂那天吃拌麵，異常難吃——麵拉得像門閂，菜炒得像水煮（一二百人吃麵，品質難保）。我因心裡老是惦記「粒粒皆辛苦」，不敢浪費，奮力進食。這位仁兄也盛了麵，但只吃了一口，就立即端起倒進旁邊的餿水桶裡。我大吃一驚，惶然發問：「粒粒皆辛苦呀！」

他嘴一撇說道：「這又不是米飯，哪來的粒粒？」

四

工作兩年之後，我被調到公司行政部門任職。對，就是和那位「粒粒辛苦，麵麵俱『倒』」的主管同個科室。這次引起我注意的不是他，而是我們科室同事、有著「廠花」之稱的芳芳。其實也不是芳芳，而是隔壁財務科的一位正在追求芳芳的「小氣鬼」。

芳芳覺這個「小氣鬼」很煩，說他小家子氣不像個男人。我還時常勸芳芳，眼光別太高，人家畢竟是研究生畢業。當年這種人和外星人差不多。仙女配外星人，般配！可後來發生的一件事堵了我的嘴。

那年正流行「隨身聽」，芳芳托人買來了一個。貨剛送到，正趕上「小氣鬼」也在，就張口借聽，芳芳無奈只好應允。誰知一借半個月毫無歸還之意。無奈，芳芳敲他宿舍門當面索回。想不到當天晚上，他又去敲芳芳宿舍的門說：「哦，我忘了，隨身聽裡剛換了四個新電池，還我吧！」

五

我工作的第十年，換公司了。我一點都沒有奔赴新職、新征程的熱忱，倒是滿懷或許能遇上「新奇葩」的陰暗期許。

新公司，人少、事少、糾紛少，同事關係也很單純，沒有我所期許的猥瑣之人。正當我為自己的卑劣思想無地自容之時，那人出現了。

那年大年三十晚上，我陪主管慰問一線的員工。寒暄、握手、照相、送上慰問品。辦公室主任說：「主管體會到你的辛苦，時值佳節不能與家人團聚，特地購買了香菸、水果、飲料、糕點等兩百多元的慰問品慰勞你。」

此時，〈難忘今宵〉的樂曲回蕩在大廳，好不溫馨。

結果，第二天上午，會計打電話給我，那位員工打電話給她，說他到超市查找，昨天的禮品根本就不到兩百元，頂多一百左右，看看能不能把差額補給他。

我去——！

我對上述事實供認不諱，全是我親身經歷。其實還有很多，不想說了，噁心！

實話說，對於這些事我真不知該說些什麼好。後來，看到魯迅有一段話頗受啟發，不長，實錄於此——

「記得歐洲人臨死時，往往有一種儀式，是請別人寬恕，自己也寬恕了別人。我的怨敵可謂多矣，倘有人問我，怎麼回答呢？我想了一想，決定的是：繼續怨恨，一個也都不寬恕。」對呀！對這些噁心了我大半生的人，我也想說一句：「不寬恕你們。」但又一想，魯迅這是假想彌留之際對人生的交代。有謂：「人之將死，其言也善。」說再狠的話別人都能理解。而我目前正活在興頭上，尚沒有辭世的打算。再說，我哪能與魯迅這位文學泰斗比呀！

但也不能就這麼算了。

時常見有些人動不動就假惺惺地說：我只要你開心，願大家都開心、幸福。也有風雅之人常把林徽因那句「你若安好，便是晴天」掛在嘴邊。因此，對於那些王八蛋，我也想仿冒一句：「你若安好，那還了得！」

呸——！

我媽叫我回家吃飯去

一

我媽叫我回家吃飯去！

這句話，不敢說全天下的孩子耳熟能詳，只不過因語言差異，叫法不同罷了。其實，意思都是一樣的——家在召喚你！

小的時候，這句話是拒絕各種誘惑、停止一切行動、終止瘋狂遊戲的「神語」——它可以使一場上樹偷襲老鴰窩的行動變成半途而廢，可以使正在找媽媽的小蝌蚪繼續尋母之旅，可以讓為女孩子高舉橡皮筋的雙手突然放下……我不玩了，我不跟你們玩了，我不去了，我不參加了……不需要內疚歉意，不必另找理由，做出這一切舉動只需要一句話——我媽叫我回家吃飯，大家都能理解！

這句話的威力有那麼厲害嗎？

有！

現在衡量這句話，其實有多重深意：

第一是吃飯。在那個見面打招呼都問「吃了嗎？」的年代，一頓飯的意義如果還在這裡深究，那真是吃飽撐著的。

第二是回家吃飯。家裡的飯是最輕鬆、愜意、安穩的飯。不必正視繁文縟節的規矩，無須面對生冷油膩的面孔。「好吃不過餃子，舒服不過倒著。」你完全可以一邊倒著，一邊吃餃子。在家，才叫吃飯；在外，那叫混飯。

第三是媽媽做的飯。天啊！這可不得了呀！世間最好吃的飯就是媽媽做的飯呀！為什麼好吃？「食材」難找啊！——那是用心、用愛做成的呀！

第四也是這句話中最關鍵的——媽媽在喊我！

母親的呼喚，是家的呼喚，是愛的呼喚。

前年，我隨電視節目攝製組赴鄉村拍紀錄片。在農村，見到許多小女孩的眉毛都被媽媽用奧斯曼草汁塗抹成黑黑的、粗粗的一道。

我知道這個風俗，也知道奧斯曼草被稱作「眉毛的糧食」，有促進眉毛生長的神奇功效。但弄不清楚，為什麼畫眉毛不分開畫，為什麼要連到一起畫，遠看像條大蟲子趴在臉上，多難看。

後經了解才知原因，令人十分感動。

據當地的說法：眼眉之間的距離決定著女兒出嫁離母親距離的遠近。女兒終歸是要嫁出門的。但每一位慈祥的媽媽都希望女兒離自己近。嫁的地方，按翻譯的原話說就是：「喊一聲就能聽到。」

媽媽在喊我，是心的呼喚，是靈魂的呼喚！

媽媽在喊我，是靈魂的回歸，是力量的源泉！

記得多年前，公司接待應酬特別多，推又推不掉。那時流行一句話：接待也是生產力，人人肩上有責任。

一次，一個星期裡我連陪了三天客人。週末那天，辦公室主任又安排我去。

我說：「不想去了！」

他說：「總得有個說法吧！否則主管那不好交代。」

我略一沉思，隨口說出——

「我媽叫我回家吃飯去，行嗎？」

內心的平安那才是永遠

下班啦！大家紛紛離去。坐在對面的小路一臉憂鬱的樣子引起了我的注意。

這傢伙前些日子忙著裝修房子，常早退。今天這是怎麼啦？

見我一臉的疑惑，他傷感地說：「昨天收到老家的電話，父親怕是快不行了，我大哥問我能不能回去？」

我說：「你是怎麼打算的？」

他說：「其實，我的情況你也知道一些，剛貸款買了房子，妻子又要考研究所，真是捉襟見肘了……再者，我去年秋天剛回去探過親。我父親常年臥床，他可能知道自己日子不多了，在我回家的前一天拉著我的手跟我說『到了那天，你別回來了。耽誤工作，還浪費錢！』……今年春節我寄了一些錢……現在……怎麼辦呢？」小路的眼裡閃動著淚花。

我一時也迷茫了。這是沒碰過的事，該怎麼回答？

辦公室陷入死一般的寂靜。

好久，我才緩過神來說：「其實，人是很自私的動物。別誤會，這個自私是加引號的。我是說，人活著歸根到底就是為了自己的一顆心。說白了，就是人對自己一生所做的事什麼時候想起來都問心無愧，都心安理得，這樣就好。你其實也一樣。我不想對你說什麼你父親養你一輩子，要知恩盡孝。還是從你的內心說起吧！你的內心是否能夠得到安寧？關鍵取決於你對未來生活的態度。」

小路一臉茫然地看著我，可能被我的話搞糊塗了。

我給他倒了杯水接著說：「這很好理解，如果你對未來生活不抱什麼過高願望，那就好辦了。這樣，你完全可以選擇不回。因為，那時你會有無數個理由原諒自己，求得內心平安。比如說：我自家都顧不過來，都吃了上頓沒下頓，哪還有能力盡孝啊！可是，從你現在的情形看，不是這樣。你對生活有著更高、更美的追求。你在八道巷的老房子，雖然小點，但也不錯了。可你去年又不惜貸款買了套大房子，你的伴侶又要考研究所等，這些都說明你在走上坡路。我就是怕，如果這次不回，這個遺憾會伴隨你一生。而且，你今後生活得越好，會越痛苦！」

聽了我的話，第二天，小路向主管遞了請假單，又從同事和我這裡借了一些錢，走了。

我其實不太會勸人。我對小路所說的都是源於我的親身經歷。我親眼見證了我父親在晚年時候的內心糾結。

可能現在生活比較好過，這使得我父親對遺落在生命中的那些遺憾痛苦異常。

得到一種好藥，他會說：「當年要是有這個藥，你奶奶死不了。」

買個復健器具：「你爺爺要是有這個玩東西，腿不至於動不了。」

甚至於面對豐盛的每日三餐，他都會說：「二老要是能活到今天該多好呀！」

這些話在他年輕時，或者說，在我們一家還在溫飽線上掙扎的時候，我從未聽父親說起過。

我不認為這是一種老年人的懷舊情緒，而是理解為這是源自老年人內心深處對寧靜心靈的呼喚！

非常喜歡一首電視劇的插曲，這首歌，聽著好像是說愛情的，其實是說人生的。歌詞是這麼寫的：「愛是一個長久的諾言，平淡的故事要用一生講完。光陰的眼中你我只是一段插曲，當明天成為昨天，昨天成為記憶的片段，內心的平安那才是永遠！」

……

十天後，小路回來了。左臂上掛著「孝」字，人也瘦了一圈。大家圍上去向他問候。當我們雙手相握，他對我說：「見到了，笑著走的！」那一刻，我明顯感到：他滿是疲憊的臉上，眼神是那麼安詳！

杠杠的活不過囊囊的

這是句老家土話。

「杠杠的」就是范偉經常掛嘴邊的那句土話，讀作「gāng gāng de」。同理「囊囊」也讀一聲。

這句話的意思是：身體硬朗的人，不一定能活過病病囊囊的人。不知道是誰發明了這句「垃圾話」。雖然無厘頭，但有意味。一是對病痛者的安慰，二是對身強者的嫉妒，三是極富宿命論。

「人各有命，用不著一天到晚瞎鍛鍊，反正到時都是死。」還有：「騎快馬的人和趕牛車的人蒼老的速度是一樣的！」

我的一位朋友曾對我說起過這麼一件事：他就學時有位體育老師，很注意養生，愛鍛鍊，有潔癖，每天喝水杯子都得用酒精棉球擦。四十歲時，他突然覺得身體不適，到醫院檢查罹患兩種癌症！

多年前還看過一幅外國漫畫，一位老婦人站在墓碑前悼念他死去的丈夫。墓碑上寫著幾行字：他一生不抽菸、不喝酒、不打牌、不賭博、不亂搞女人、沒有任何不良嗜好。人們不禁要問：「這麼好的人怎麼死了？」老婦人說：「他無聊死的！」

凡此種種吧！若是僅從字面上看，似乎都在調侃人生，沒邏輯；但仔細一想又無不透露出一種對生老病死等人生際遇既無奈又豁達的態度。

著名導演馮小剛人到中年忽然患上了白斑症，臉上黑一塊白一塊地很嚇人。這種病不好醫治。記者採訪他的想法，他幽默地說：「小小報應遠比身患重疾要了小命強。」

我看到這句話時，認為找到了知音。

我前兩年患上了高血脂症。一開始沒覺得怎麼樣，只是發覺頭有點暈，搭乘公車若是站著，以前只需要用一隻手拉扶手即可，後來必須用兩隻手抓住扶手才站得穩；還有，走路上班碰到女同事，和人家一起走，走著走著，身子就往人家那邊歪，弄得人家認為我不正經，好尷尬。後來到醫院一檢查，才知道是血脂高。我很鬱悶。醫生問：「你幾歲了？」我說：「四十多了。」醫生說：「行了，你可以了！現在三十歲打胰島素的人一堆啦！少抽菸、喝酒、吃肉，多運動。好了，下一位！」

這是什麼醫生嘛！怎麼能這樣敷衍患者？

可是，兩年啦，我按照他說的做，居然身體好轉了。特別是他說的那句「現在三十歲……」對我觸動很大。這與馮小剛對疾病的態度有異曲同工之妙。他似乎在告訴我「‥你知足吧！」這是位有「哲學頭腦」的醫生。

是啊！面對越來越紛繁複雜的社會和各種各樣不可預知的生活壓力，人們應該持一種怎樣的態度？

面對人生是必須的！

積極樂觀是必須的！

勇敢挑戰也是必須的！

可是對於那些心理脆弱、理性失控、難於排解的人又怎麼辦？難道眼睜睜地看著他們因心理壓力得不到正確疏導而做出失去理智的偏激行為？

「男人哭吧不算罪」，「阿Q精神」的回歸還有這句「杠杠的活不過囊囊的」未嘗不是一種聰明的人生哲學。

說實在的，真遇到大事怎麼辦？還不是得往好了想，看開一點。對於身患疾病、情緒低落的人，勸他振作起來戰勝病魔是應該的；對他說一句「那些身體好的還不一定活得比你久呢！」似乎也沒什麼不可以。

我這還有個例子，發生在我爸身上。他前年去世了，否則我還不敢提。

我有位同鄉叔叔，比我爸小一歲，是位工程師。

他樂觀向上，我爸愁眉苦臉。

他喜歡鍛鍊，身體健康；我爸懶散，老愛睡覺。

他勸我爸：「老楊，你這樣可不行。得多出去走走，否則死得快！」

我爸說：「該怎樣就怎樣吧！」

結果，同鄉叔叔只活了七十二歲，患肝癌而死。而我爸，一天到晚睡覺，病懨懨，七十八歲而終。

說這件事只是閒聊個案。您千萬別把它理解成：生命的意義不在於運動，而在於睡覺。

好好活著吧！因為我們要死很長時間呢！

「周」起一座房要花多大力氣

序

賣豆腐絲的小辜對著村西口老王家連喊了八九聲：「豆腐絲——賣豆腐絲——」但王家的稍門愣是紋絲沒動，小辜不由得心生疑惑。

心裡納悶的不只是小辜。像賣切糕的老唐、賣山楂糕的小劉、賣炸排叉的老孫，還有破爛換泥人、糖豆的小趙等對王家的無動於衷也都疑惑萬分。

老王家既是我們村的大戶——人口多，五男二女七個孩子；又是我們村的富戶——七個僕人，當年一個月員工薪水幾十元，年終他們家都能給出五六百元。好幾年了，一直穩居我們村「富不死」排行榜第一名。因此，這些走街串巷做小買賣的都喜歡圍著他家轉。常常是喊幾聲過後，只聽街門響動，年邁的老王左手拿盆或碗，右手拿錢或茶葉票、糖票換而食之，令我們這些只知道偷雞蛋換糖果的苦孩子們羡慕不已。

正當小辜要喊第十聲之際，街對門出來倒爐灰的劉老五悶聲悶氣地說：「你不要喊，沒用！」不等小辜發問，劉老五又自言自語地說：「老王家今年要蓋房嘍！嘿嘿，要一口氣『周』起兩座房呢！」

小辜聞聽，嚇得一吐舌頭。

一

我們村出現許多新生事物：求發家、鄧麗君、霍元甲……此外，還有一些新的生活理念，比如這句話：「想要一天不無聊——請客；一年不無聊——蓋房；一輩子不無聊——找個情人。」對於第一句和第三句大馬村人是明白的。請客誰家沒請過呀？孩子滿月、兒女結婚、老人辦喪事，就必須花費好幾天。至於「情人」這個詞稍微有點費解，但立刻就有人解釋：「嗐——！情人就是兩個人瞎著——搞破鞋！鄰村那誰和那誰不是瞎著嘛！掛著破鞋遊街，如今人都死了還被大家說道……」

至於第二句嘛，村裡人是完全不認同的！

蓋房子豈是一年不得停歇？別的不說，光是準備磚瓦木料就有「一年蓋房十年備料」之說。此外還要有位置考慮、樣式選擇、周邊協調、用工篩選，巴結官員、團結鄉親，拉攏管水的、管電的、管大牲口的，等等，十年八載都處理不完。

在村子裡，村民們習慣把蓋房子稱為「周」房子，頗有深意。「周」，這個字大多用為名詞，可在村民的嘴裡被用作了動詞。一位老人摔倒了，旁邊人就說：「快把他『周』起來！」好像用「拉起來」「扶起來」「攙起來」都顯得生硬。我在字典裡也沒有查到這種用法，這是村民們的創意。一座即將蓋成的房子，早在它立起來之前就已經成型了，只不過它還如一位癱倒在地的老人一樣，需要大家的周密相扶，完備接濟，恭敬擁舉方能站立起來。

因此，村裡人除非不得已，誰又輕易敢動蓋房的念頭？之後的頭兩年，家底不厚也是不敢輕易問津的。

二

我不知道當年的風怎麼那麼大？特別是在冬天，特別是在夜晚。

夜晚的風，感覺上比白天的風內容更黑暗、更擁擠、更焦慮。它一路上跌跌撞撞，需要穿越的光我知道就不只十個村莊：坨里、崗上、公主墳、西莊戶、豆各莊、崇各莊、高圈、果各莊、小馬村，最後才到我們大馬村。然而，這麼多的村莊絲毫沒能絆住它猛烈的勢頭。

進到村莊裡的風並沒有順勢而去，而是醉鬼一般東遊西蕩，惹是生非。見到頹敗的土牆撞一頭，鬆垮的稍門踹兩腳，破裂的窗欞抓幾下。狗停止了狂吠，雞瑟縮在窩裡，豬在圈裡死死壓住一蓬麥草一動不動，靜若處子。一場風過後，一些人家房頂上晾曬的白薯乾被吹飛了；牆角堆放的棒子秸被吹散了；院裡大楊樹上的老鴰窩被吹落了，光潔纖細的枝條散落一地……

然而，一場清涼體面的風對於一個村莊來說意義還遠不止這些。只有風可以使整個村莊戰慄癲狂，沉醉暈眩，激動不已。灌進村莊的風與喝進腹中的酒一樣——風，就是能醉倒整個村莊的酒！

老話講「夜黑風高日，殺人越貨時」，確實有道理。風的確可以壯慫人膽！在缺油少鹽、無銀沽酒的歲月裡，一場酣暢淋漓的大風就是一瓶甘洌的酒。痛飲之後，貧困交加、消沉萎靡的村人便能做出許多驚人之舉，比如蓋房子這件天大的事。

是的，許多蓋房的決定往往就是在這寒風呼嘯的夜晚做出的！

三

每到冬季，網友各自炫耀防寒利器：晒空調，晾暖氣。我對這兩樣東西的態度是：喜歡，但並不喜愛。因為，它們有溫度沒溫情。我心目中的取暖聖物當屬土炕。

當然了，每個人對溫暖的感覺是不一樣的。

想當年，七仙女為了堅定董永與她過下去的決心，說：「寒窯雖破能避風雨，夫妻恩愛苦也甜。」我認為這話算是說到重點了。當年冬天只要能避住風雨，加之強大的愛情力量，雖為寒窯，可也不會寒到哪去的。

北方就不行了。冬季，單薄的土牆抵不住寒潮，翼薄的窗紙攏不住熱氣。但風吹來寒冷的同時，也吹來了五個字——這都沒什麼！因為，我們有土炕！家家戶戶一鋪土炕占據了大半個屋子。有了它，再窮的人家也擁有了春天。

又是一個寒風吹徹的夜晚，破舊狹小的土屋裡，一家人躺在暖暖的熱炕上擁被而眠。屋外北風呼嘯，屋內炕洞裡一背筐的棒子瓤燃燒殆盡，忽明忽暗。幾塊白薯被埋了進去。單等明早，睡熱炕頭的男人俯身探出手臂，扒開灰燼，取出溫熱噴香的烤白薯，一家人趴在被窩裡大快朵頤。

而此時，男人的手臂卻伸進了旁邊女人的被窩裡。男人睡在熱炕頭，被一股熱氣烘托著腰身，腎上腺激素像燒開的水一樣「嘩嘩」作響。

一伸，女人沒有反應；

二伸，女人轉過身去；

三伸，女人猛然轉回身，低聲憤憤說道：「找死呀！小兒子還沒熟睡呢！」

如冷水澆頭，男人沸騰的水登時就沉寂下來。

男人知道女人「恨」他。

當初，分家時他執意把三間房讓給了兄弟，而自己選擇了這座窄小破舊的兩間房。誰叫他是家中老大呢？他應該照顧弟弟們。但現在，當初被村民們盛讚的行為越來越被動了。孩子們漸漸長大了。大女兒上初中了，總不能還和他擠在一起吧！他把最裡面的房間給了女兒。而如今，後面這兩個小孩的也追債似的長大了。老婆怨他，他不怨老婆。

此時外面的風越來越緊，一股股地撞著牆、踹著門、扣著窗，催命鬼似的追問著什麼。

不久，在屋內死一般的沉寂裡，男人夢囈般地說出兩個字：「蓋房！」

男人說完後就被自己嚇住了。奇怪的是：此時，外面的風停了，一家人都醒了……

四

自從在黑夜裡播下這粒種子，一家人心裡彷彿有了陽光。只不過，這片所謂的陽光，微弱得彷彿如豆的燈盞，稍有一絲微風都會使它寂滅煙升。一家人知道，餵飽這盞燈，燒的不能是油，而是血。

世間聚財的方式無非兩種——開源與節流。當開源無源可開之時，人們只好把目光盯在了節流上。

一場可怕的「勒緊褲腰帶」行動開始了。

勒緊褲帶，並非只是少吃少喝那麼簡單，而是人們試圖透過緊縮肚腹心胸，從而關閉所有視覺、聽覺、嗅覺功能。於是，對走街串巷的小吃叫賣，充耳不聞；對時尚亮麗的衣衫，視而不見；對美味佳餚的香氣，嗅而不覺。老人徹夜難眠的病痛，不會去醫院，只是找小馬村的拐先生抓幾副湯藥喝一喝了事；孩子的鉛筆都是短到握不住時，仍會找一根舊鋼筆管套進去接著使用。除了逢年過節，平常日子極少動葷腥。他們少言寡語，內斂自哀。他們很少參與村裡的熱鬧事，即便開懷而笑也是稍縱即逝。在他們眼中，快樂是奢侈的、有罪的！

他們變成了村中的聖人，是不識肉味的孔子，空乏其身的孟子，超脫世俗的老子。看著他們疲憊而又倔強的背影，村裡人都暗挑大拇指——這一家人可真努力呀！

當然了，如果您以為這一家人很痛苦，那就大錯特錯了，此時的他們，自認為是世界上最幸福的人。

他們白天不會談起蓋房子的事。單等到夜晚，當黑夜遮罩了難堪的現實，夜色填充了無情的差距，風聲叫停了對能力的質疑，他們才發覺離心中的目標很近。似乎只有寒風呼嘯的夜晚，才能掩護他們構想著心中的夢。於是，他們每天都在期盼著夜晚的來臨。

在無數個黑夜裡，他們在夢中搭建著他們心中的聖殿。

男人說：「這兩年在大安山煤礦做運輸業賺的那點錢，怕不夠用。」

女人說：「沒事，我去找我姐幫忙。我姐說，他們那邊都做承包了。我姐夫承包了一個案子。我姐說了，用錢說話！」面對這種事情，女人永遠比男人有主見。

男人說：「蓋三間吧！一明兩暗。」

女人說：「要蓋就蓋五間，三明兩暗——三間老陽出、兩間醬豬頭。」

所謂「老陽出」就是房子的前門臉全部由門窗封擋，且留出廊廈，這樣的房子通透、豁亮、大氣；反之，「醬豬頭」就是全由磚牆砌擋。因為，房子中間部分凹進去，使得兩邊的房子凸出來，看起來著實像醬熟的豬頭一般蠢笨。但是這樣的房子整體看來端莊、氣派，是當年農村人心中的美居。

這樣的談話總會令人興奮不已。

女人的心氣之高令人驚詫。女人說：「房子從柁到檁、門窗，全用槐木的。」男人一聽，笑得岔了氣。女人說：「你笑什麼？」男人說：「沒什麼，我想起一個笑話。」

從前有一對夫妻。男生有點傻，但心地好，妻子很愛他。一天，妻子的娘家剛蓋完新房請他們回去喝喜酒。席間，有人故意開男方玩笑說：你能說出這房子是哪種木頭蓋的嗎？

早在出門之前妻子就告訴丈夫：是槐木的——槐木杴、槐木檁、槐木窗戶、槐木門。怕他記不住，還提醒說：到時我給孩子餵奶，你一看我解開懷，不就想起來了嗎？

見果然有人問，妻子沉著應戰，抱起孩子解開懷餵奶。丈夫一見，立刻就明白了。隨即說道：「哦，是奶木杴、奶木檁、奶木窗戶、奶木門。」

裡外屋哄堂大笑。

女人狠狠地捏了男人一把……

五

我們村蓋房幾乎不求人——就是不需要請外面的人。您看：瓦工用的是老瓦匠方萬庚團隊，木工用的是方斌家族，石匠用的是羅振中，王潤清「編笆」（王潤清因腿腳不方便，村人稱之為「王拐子」），王春生打槽——就是打地基。王春生會唱悠揚婉轉、律動感極強的民間歌曲，帶領年輕力壯的年輕人們打地基。就是將一塊圓形石頭在周圍打洞後繫幾根繩子，打時數人拉著繩子將工具舉起，將石灰、黏土、細砂摻和而成的「三合土」結結實實地砸進地基中。幾乎蓋房子所涉及的所有工種都齊全了。這才是名副其實的大村莊！

在農村，衡量一個村子的大小，往往並不靠村體規模、村民數量，而常常是看這個村子的功能結構是否齊全，辦個紅白喜事，大事小情的不需要請外人。不像有的村莊，看著挺大，結果井臺轆轤上換根井繩都要找外人。

在經過了無數個深夜的謀劃，以及無數個日夜艱苦卓絕的奮戰之後，蓋房子所需要材料全都備齊了。選良辰，擇吉日，終於在一個明朗的秋日裡開工了。同時，考驗夫妻二人在村裡人緣的時刻也到來了（若是蓋房沒人來，那就太「失敗」了）。

早在前一天晚上，夫妻二人就提了一個點心匣子（內裝各色糕點）、兩瓶二鍋頭、六盒香山菸（注意：那時菸還沒論條）來到掌控全村人力資源的隊長家裡打通關。

第二天一上工，隊長蹲在軋場的大石輪上慢條斯理地抽著黃花菸（一種土菸）。

員工們漸漸聚攏過來等待派工。他並不著急，先是天南地北地閒聊，足足扯了半個小時的「淡」。大家耐心地聽著，其實人人心知肚明今天要做什麼，但都不說破。

最後，一個年紀較大的員工開玩笑說：「你今天早上鹽水喝多了吧？放這麼多『鹹』屁，要做什麼就說嘛！」

大家哄堂大笑，隊長也笑了。這才慢悠悠地說：「今天的工作內容不累。昨天管菜園的李老頭跟我說，我們的蔓菁地草太多了，蔓菁也是只長秧子不產果實。所以，今天的工作就是到蔓菁地拔拔草，撇撇秧子，拔的草、撇下的秧子自己拿回去餵豬，所以就不計算薪資了。」說完他站起身就走。

接著，好像又想起了什麼，回過身說：「哦，對了，今天××蓋房子；大家也都看到了，夫妻二人這幾年辛苦成家也不容易，願意的就去幫個忙；人家大工供餐，小工也不虧待，準備了點心——『大八件』、『小八件』（也是各色糕點）、茶水、菸，好好幫人家忙，別像什麼都沒吃過、抽過的一樣，都沒動作！」

好，就這樣，散了吧！

結果，等大家來到蓋房工地時才發現，原來管菜園的李老頭早就來了。

六

這真是一場熱鬧的農村盛會。全村的能工巧匠全都匯齊了，大家見面格外熱情。飽受歲月摧殘的村民們，早就期盼著這種歡聚一堂的相聚。

然而，他們表達喜悅的方式很特別——相互「踩咕」（互開玩笑）。木匠拿瓦匠尋開心，瓦匠尋木匠開心。「乾淨瓦匠，邋遢木匠」。老瓦匠砌一天牆，渾身上下沾不了幾個灰點；木匠們忙乎一天，眉毛上都掛著木屑。木匠做不好，瓦匠會說：「這是師母教的吧？」瓦匠技術不佳，木匠稱其為「二把刀」。

蓋房子頭等大事，除了打地基之外就是立架。

農村傳統民居是磚木結構。五間房講究四梁八柱。一般都是先把梁柱立起來之後才能砌牆，由瓦工負責。這是木工的重頭戲。正在生病的老木匠方斌放心不下，由家人攙扶親臨現場坐鎮指揮。村裡的壯勞力都來了，立架輕而易舉。一切都很順利，但是等到最關鍵的安放大柁（主梁）時，卻無法落架——就是對不上榫口。這可是不吉利的事！方斌的大兒子掄著大板斧，無論怎麼用力都無濟於事。登時，現場一片靜寂。剛才還歡聲笑語的工地鴉雀無聲。瓦工們拎著瓦刀，叼著菸，乜斜著方斌大氣不出。兩夫妻急得眼裡冒出淚花，東張西望，手足無措。正在此時，躺靠在椅子裡的方斌猛然站起，身子一震，抖落肩上衣衫，急匆匆幾步來到梁下，又「噌噌」幾下攀上房頂，一把奪過大兒子手中的板斧，抬手就給了兒子一個響亮的耳光，全場一顫。老方斌來到柁頭，高舉板斧，口中念念有詞——

「黃道吉日來上梁，

紫微星君下天堂。

新梁新柱新房建，

九龍八卦居中央。」

接著大喊一聲：「你給我落下吧！」隨即手起斧落，大柁肅然入位。一時間，歡呼聲、鞭炮聲響徹雲天。兩夫妻流下了激動的淚水。

趁著熱鬧，大家簇擁著汪學夢念喜歌。老汪卻之不恭，只好答應就唱幾句。他也是被當時的場面感動了——

「您這個梁，不是梁，它是穆桂英的一杆槍！

前有朱雀朝北斗，後有玄武向太陽。

此地正是興隆地，富貴榮華大吉祥。

…………」

房梁架好，接著還有架檁和釘檁條（釘椽子），這都是徒子徒孫做的事了。至此，木工的大工程告一段落。該瓦工上場了。

瓦工是師傅把大角、徒弟跑大牆。

「把大角」就是砌牆角。砌牆先砌牆角，房子的四個角直順了，四面牆也會隨之平整如鏡。這項任務艱鉅，不是一般人能做得了的。常常是，師傅先把房子的四角砌起來一段，之後拿出銅吊墜，眯起一隻眼睛反覆核查，這叫「吊角」。徒弟按照師傅留出的茬口一路壘下來，嚴絲合縫，絕不會跑偏。因此，把大角這工作就成了衡量一個合格瓦工的硬標準。村民誇耀一個瓦匠常常會說：「人家是把大角的！」

經過了一整天的艱苦奮戰，到了傍晚時分，房子主體起來了。

又一個高潮隨之到來——上笆泥！

我們村所處之地，民居構建很少是瓦房。覆蓋房頂的流程一般是先架房梁，梁上架檁，檁上釘椽，最後覆蓋用蘆葦編製好的大蘆席，大家稱之為——笆！

早在半個月前，「拐大爺」（王拐子）便帶領家人日夜編笆。從盧溝橋買來的蘆葦，細小、柔韌、光潔，編出的笆像炕席一樣花紋緊密、品相端莊。

大家抬著捲好的大笆，覆蓋在房頂，前後左右竟然嚴絲合縫，毫釐不爽，絕了！

用花秸（麥草）摻和黃土和成的稀泥，是覆蓋笆的好材料。大家用桶、用盆、用鐵鍬、用布袋，把稀泥運到房頂，攤平，抹勻，封嚴。至此，這座醞釀多年的房子，總算是「周」起來了！

七

又是一個初冬的夜晚。屋外風平浪靜，屋內卻心潮起伏。女人躺在堂屋的炕上，翻來覆去睡不著。

孩子們都各回各屋死眼（土話：睡覺）去了。

此時的女人被各種氣味包裹著：槐木的味道、蘆葦的味道、粉牆的味道、炕坯的味道、窗紙的味道、油漆的味道及身邊男人的味道，女人既興奮又恍惚。

忽然，女人聽到頭頂新糊的頂棚上有窸窸窣窣之聲，她知道這是老鼠們在忙著搬家。她並不煩惱。幸福的喜悅不能只是由人來獨享。

興奮的女人把手伸進男人的被窩，然而，迎接她的卻是濃稠的鼾聲——男人太累了！

女人不管，固執地拉出男人的一條臂膀，一頭枕了上去。

後半夜起風了……

第三輯　鄉村淺唱

盜花生、盜白薯

寫故鄉憶舊文章最煩惱的是循音找字。

有些話，知道讀音、說法，就是不知道該怎麼寫。比如，我一直想寫寫我們農村那些擅長處理紅白喜事、平抑家庭鄰里糾紛的能人們，這些人在老家有一個專用名詞，很神道的，叫作——大了！

「了」，這個字不能讀「ㄌㄜ˙」而應該讀「ㄌㄧㄠˇ」，了結的意思。您看，口頭上表達很神氣，可是落到字面上就沒力了。以為什麼東西大了、小了的，真是沒轍！

今天我要寫的「盜花生」、「盜白薯」也是這樣。字面上正規表達應該是「捯花生」、「捯白薯」。「捯」這個字有尋找的意思。可是，一寫出來總感覺差一點意思。

這裡所說的「盜」並非偷盜的意思，而是老家對一種農事活動的特殊稱謂。在我小的時候，地裡種有花生和白薯等。每當收穫的季節，本著顆粒歸倉的精神，在對政府土地進行三翻五撿之後（所剩的果實其實已很少了），才向村民們開放。人們便把這種撿漏稱為「捯」，如「捯花生」「捯白薯」，等等。可是，我覺得在這裡只能用「盜」這個字，因為，它除了強調出一種行為，更能表達出一種歉疚。

這畢竟是掠取公家的東西嘛！說拿、說取、說尋找都不正當，只能對這種的行為，自我認罪地說這是「盜」！

此外，是不是盜竊行為，還可以從做這事情的時間上做出判斷。一般都在清晨，天剛亮，有時還要自帶煤油燈；或者，是在傍晚時分。這當然有不耽誤農務的考慮。但是，也可充分說明，這事絕不能在光天化日之下公然為之。

其實呢，這種行為還有一個典雅的說法，叫作「拾秋」。拾秋與拾荒差不多。當年在小孩中流行一個關於拾荒的順口溜，同樣能說清楚拾秋的境況：

星期天的早晨天剛亮，
拾破爛的老頭排成行；
員警一指揮，
衝進垃圾堆……

我一直納悶，當年沒有手機，一塊地即將解禁、開放的消息卻傳得飛快。十裡八村的男女老少都背著筐、扛著鎬，奔跑著向田邊衝去。

傍晚，待犁翻完最後一犁，隊長一聲令下，四周的鄉民便像拾荒的老頭一般飢渴地衝進田間。

腳下是一片多麼鬆軟的土地啊！那土比發糕還要鬆很多倍。當時農村有「四暄」之說：「新耕的地，新填的墳，婦女的肚子，發麵盆」。

在這樣的土地上耕作，根本不用鋤頭、板鎬這些「硬兵器」，只需要一把四齒鎬即可。

四齒鎬靈巧、輕便，關鍵是它可以像梳子一樣，在這鬆軟的土地上耙梳。此時，喧囂的土地上黑壓壓一片，卻是出奇地沉寂。這裡沒有人聲，耳邊傳來的是一陣陣嘰嘰喳喳的聲音和人們緊張激動的喘息聲。這聲音，不是喉嚨裡發出來的，而是鐵鍬、鋤頭、鐵鎬與泥土摩擦的聲音。人們都在急切地尋找著什麼，像是尋找丟失很久的東西，今天非把它找回來不可。雖然是在黑夜裡，但此時大家的心裡都亮堂堂的。

種地如繡花？屁！這種翻檢才如繡花呢！

大鐵鍬挖，大钁頭刨，小鏟子撥，四齒鎬耙，雙腳踢。你翻過的地方我再過一遍；我浮掠過的位置你再深挖一下。田邊地角、溝溝坎坎絕不放過，稍大一點的土塊也要被鋤頭砸碎或是用手捏碎。

以上說的都是盜花生。因為這東西很小，不細不行。

至於說盜白薯，就要大刀闊斧地行事了，不用力往下刨不行。

白薯與花生都是群居植物，花生老實本分，一揪就是一整串的。而少數白薯喜歡鬧分家。獨立出戶，扎到深深的地層去思考「薯生」。犁鏵犁不到，鋤頭刨不出。一般盜白薯要用大板鎬用力刨才行。

說實話，盜白薯盜不到好東西。大都是不成器的「白薯拐子」——恰似蘿蔔頭，白薯秧、白薯鬚等，拿回家餵豬。

而盜花生則是貨真價實的收穫。那年月，油料緊張，即使是花生產區，一個五六口之家一年也不過能分到幾斤花生油，還要堅持食用一年。平時燒菜做飯時，筷子頭上綁一小團棉花，往瓶子裡戳一下，再到鍋裡刷一下即可。因此，人們無不想方設法多盜些花生，換回些油來。

我媽說：「那時的花生油真香。」磨回來的花生油放在冬天的涼屋子裡能凝固成豬油一般的白色。包素餡餃子、蒸菜團子，放上一些，那叫一個香啊！全村都能聞到。

時過多年，我一直納悶，一塊地即便犁過再多遍，翻檢多少回，人們還是能從中拾到很多花生和白薯。土地所蘊含的能量、給予人們的希望是多麼巨大啊！真的，每次撿拾活動結束，你就看吧！誰的籃子、筐子都不空。

對此，我只能用文人的理念釋之——土地不會虧待任何一個傾心於它的人！

玉米糊粥、老鹹菜

實話說，鄉愁是一個美妙的東西。鄉愁從前只是鄉下人的土特產品，後來成為背井離鄉人的特色禮品，如今已成為城市人爭相購買的消費精品；在時下的泛旅遊時代，鄉愁又被開發成旅遊紀念品。

鄉愁到底是什麼？是相思的情，是把玩的物，還是能夠看得見的山水？

這其中，在詩人余光中先生的那首已成鄉愁濫觴的詩中，鄉愁是一枚小小的郵票、一張窄窄的船票、一方矮矮的墳墓、一灣淺淺的海峽。而在現實生活中，鄉愁就像虧本的生意，舊帳未了，新帳又到，就像膽囊裡長出的結石，很難排解。

鄉愁是故鄉人的家常便飯，卻是離鄉人的美味佳餚。

直說吧！我是一個滿溢鄉愁的人。我的鄉愁是味覺的。我的美味佳餚只是一碗玉米糊粥，一碟老鹹菜而已！

說起粥，且容我先「囉嗦」一下。

粥，穀水混合熬製而成。北方的粥與南方人所說的稀飯不同。我所見過的稀飯給人以乾飯加水的感覺，「嘻哈風」、「痞子氣」，不夠道地。大馬村就把那些行為吊兒郎當、沒規矩的人稱作「鬆懈鬼」。

粥是嚴謹的、端莊的，儒雅的品相，持重的性格，毫不鬆懈的態度，包容一切的胸懷——與紅薯、南瓜、豆類乃至肉糜、皮蛋合作，溫潤稠和，求同存異，一派大家風範。

熬粥是大火轟開，小火慢燉，直至黏稠，老百姓的話叫熬出米油為止。

小米粥是產婦坐月子的好夥伴。在大馬村，村民稱呼婦女生孩子就叫「喝粥」。在村子裡，時常聽到這樣的對話：「產婦的身子很重了，預產期是幾月分呀？」

「哦，是六月的粥！」

多好啊！人一出生便與一碗粥相遇。因此，以「粥稠」寄鄉愁再合適不過。鄉愁本就是一鍋各種思念雜合而成、歲月熬製的粥嘛！

至於稀飯嘛，就隨它去吧……

好了，言歸正傳！我們們說說玉米糊粥。

成功熬製一鍋玉米糊粥的攻略攏共分三步：第一步，把玉米打碎成玉米糝；第二步，燒開一鍋水；第三步，把玉米糝倒入鍋內，熬至成熟。

細節決定成敗，熬粥也是。

第一，玉米糝最好是上碾子軋碎，不能用機器粉碎。機器粉碎的不容易熬出油。按我媽媽的說法：那是「熟」過一遍的東西。

第二，熬粥用生鐵鍋與鐵勺。生鐵性情穩重，沉得住氣。不像鋁鍋，導熱快，容易溢鍋。在農村，鐵鍋與鐵勺是一對很好的隱喻，常用來形容夫妻過日子——「哪有馬勺不碰鍋沿的？」說的就是這熬粥的智慧。

玉米糝倒入鍋內之後，要不停地攪動，防止糊鍋。多年下來，鐵鍋磨薄，鐵勺往往劃成了月牙形。而那些磨掉的生鐵被人們喝到肚中，強身健體。（那年頭，補鐵、補鈣是什麼「東東」？）

第三，熬粥離不開笊籬。許多人把笊籬與漏勺混為一談。也難怪，它們之間有共性——都是在水中撈取東西。也有區別——撈餃子、麵條可用漏勺，撈細小的東西用笊籬。

笊籬，用細鐵絲編織，細密通透。玉米糝，特別是用碾子軋的，過籮篩過之後，剩下的糝子裡殘留有大量的皮。這些表皮堅韌難煮，不易成熟，會極大地影響口感。糝子倒入鍋中，殘皮立即漂起，這時要迅速用笊籬撈出。正因為笊籬的這種通透特性，村人為此編製了一條俗語——「沒有閒錢補笊籬」！意思嘛？自己想！

第四，熬粥要好吃，還需要加蘇打。這個蘇打即蒸饅頭時用的蘇打。熬粥時放鹼，既省時又黏稠、口感好，村民稱之為「滑溜」。

第五，對了，喝玉米糊粥千萬別忘了「粥伴侶」——老鹹菜。

玉米糊粥與老鹹菜堪稱農村的一對老夫妻。它們相濡以沫，互敬互愛，不離不棄，養育了一代代辛勞的農人。

老鹹菜的老，不是指菜的老，而是指醃鹹菜的湯是老的，百年老湯，老而彌堅！醃菜都是當令時蔬：蔓菁、蘿蔔、雪裡紅、黃瓜、豆角、羊角蔥、白菜頭、紅薯梗、青紅辣椒、蘿蔔纓，等等，什麼都能往裡面扔。扔進去，假以時日都能滿懷馥郁、盈口馨香。一口醃菜缸簡直就是一個相容並包、融合統一、味覺上的意識形態。

好了，別顧著酸文人們怎麼不待見這鹹菜缸，這一點都不會影響我們村人對它的喜愛。

有了這缸菜，就有了戰勝一切苦難的決心與信心。喝一口玉米糊粥，配一口老鹹菜，生活已無所求；鹹菜疙瘩切細絲潑上辣椒油，可以招待姑奶奶；吃麵條沒有滷，盛一勺老湯，炸上花椒油，一大碗公麵「呼嚕呼嚕」就下去了。我曾見過村人兄弟鬧分家的契約：房屋地產、動用家什均分。之後，往往特別註明：「鹹菜，一家半缸」！

透過鹹菜缸，我能看到一戶人家的歷史。千年祖屋、百年傢俱都能體會到祖先的精氣神，但這只是一種文學描寫。真正可以使我們與祖先同甘共苦、接喋相通的恰恰是這一缸老鹹菜。因為，一缸老菜湯，多則上百年、少則幾十年，用不著時光倒流，我們就可以在不緊不慢的咀嚼中，穿越時空與我們的祖先在舌尖上相遇。

我們家那缸鹹菜極鹹，說明我的祖上就很能吃鹹。我的家族有高血壓病史，怕是與此有關。中年以後，我的身體也出現狀況，血壓偏高。我口味重，能吃鹹。醫生請我控制食鹽攝入量，我難受至極。在都市長大的老婆無法理解，為什麼我這麼能吃鹹。

我說：「小時候家裡窮。」

她說：「窮和吃鹽有什麼關係？」

我氣急：「老子從小就吃不到什麼香味，還不能吃個鹹味？！」

歇後語、俏皮話

有句俗語叫：「三里不同風，十里不同俗。」這話聽著邪乎。所謂「一方水土一方人」。老家農村，村連村、戶連戶，有的同吃一河水，共耕一塊田，風俗上能有多大的差別？要是說每個村有每個村的小祕密，每個村都有只有本村人能聽懂的話，這倒差不多。

就說我們大馬村吧！就有許多村人自創的土語、俚語、歇後語。

比如：在〈想良鄉〉一文中就有「王老太太上良鄉——縣去」這句話。良鄉是個縣。所以村裡的老人上良鄉，你若問他去哪呀？他們就說「上縣」或乾脆簡稱「縣去」。「縣去」這個詞與丟人現眼之意的「現去」同音，加之王老太太去良鄉的次數多，等等吧！於是一個只有我們村人能聽明白的「諺語」誕生了。

又比如：在〈大馬村紀事〉一文中，又有「大馬村三件寶——蚊子叮、跳蚤咬，晚上睡覺蛤蟆吵」「驢拉車、馬駕轅、兒子趕車不要錢」等俚語。除此之外，今天再說三個吧！

李志新的耳朵——配搭！

有句歇後語叫：「聾子的耳朵——配搭。」「配搭」就是擺設的意思。這句話現在看來很有歧視身心障礙者的意思，可當年農村哪有這些觀念。

那怎麼就變成「李志新的耳朵」了呢？難道李志新也是失聰之人？不是，李志新非但不失聰，而且比別人還多幾個「聽」——聰明至極！

他當過兵，見多識廣，心靈手巧，會修各類農機具、無線電設備，這在農村算得上是極品人才。

那年，村裡要買拖拉機，準備選拔一名拖拉機手。這在當年不亞於現在開賓士、BMW 挑選司機，年輕人誰不動心？因此，體檢那天，全村符合條件的年輕人都聚到了一起，接受選拔檢查。

李志新也來了——當然要來！

他一路過關斬將，幾乎所有體檢項都是優。就剩最後一項，測試聽力了。這時，外面進來一群人，扶著一個滿臉是血的老人。李志新一看大驚失色，那老人是他父親。

他父親在後院看西瓜地。一群野孩子偷瓜，他追趕時被一塊磚頭擊中。

李志新聞聽怒火萬丈，可是，最後一項聽力測試在等著他。

所謂聽力測試，其實很簡單。就是檢查人員手拿一個類似U型磁鐵的音叉，在腿上敲一下，再放到你耳邊晃動，耳力好會聽到嗡嗡作響。

可是，那天的音叉壞了。檢查人員只好在他耳邊輕聲說：「拖——拉——機。」

李志新正在氣頭上，心亂如麻，聽錯了。

他一回頭，怒目橫眉地對檢查人員說：「你媽×！」

腋下夾柿子——沒這麼（濫）爛的！

柿子成熟之際，漫山遍野火紅一片，像極了當地人掏心掏肺的熱情性格。

「七月棗，八月梨，九月柿子紅了皮。」這句民諺，代表上我們村沒發生什麼事。

因為，我們村平安「無柿」。

大馬村是個平原村，有幾棵棗樹、梨樹，一片桃樹、杏樹、李子樹，就是沒有柿子樹（作為農村孩子，心裡邊不裝幾棵果樹，那童年就真的是慘不忍睹了）。

我們村人想吃柿子，只有從山裡邊弄。因為當年路途遙遠，且路況又差，太熟太軟的柿子禁不起顛簸，從而造成我們只有吃生柿子的現狀。

熟柿子，那是多大的誘惑呀！

皮薄透明、吹彈可破，咬一口「吸溜」一聲，紅色的蜜汁噴湧而出。像久別的戀人，親吻有聲，「小舌」互攪，那滋味……嘿嘿！

但生柿子就大煞風景了。

青柿子澀人，舌頭拉不開栓。怎樣克服這種「猴急」的心魔呢？

答曰：人工催熟。

人工催熟法，土名曰「濫」，讀「ㄌㄢˇ」，與「懶」字同音。

濫柿子因居處不同，方式也各異。小河邊的，把青柿子投入河中，沙土埋了，採取自然脫澀。無水源的，在家用溫水泡，缸裡盆裡每天換一遍溫水。自然方式脫澀時間長，等十天半月，加了溫水的，五六天即可。

如果還有更簡潔、省事、偷懶的方法，可能就是用「腋下夾了」——那裡熱呀！於是，一條民諺脫穎而出。

我們村對於那些偷奸耍滑的人，常用此話訓之。

那年，老師罰我抄生字，每個抄兩遍。我一手握兩支筆，一氣呵成。後來事情敗露，老師嚴厲斥責我說：腋下夾柿子——就沒見你這麼懶（濫）的！

年糕掉豆──找拍！

每到年關，一進臘月農村就忙起來了。那首「籌備新年倒計時歌謠」——二十三，糖瓜黏；二十四，掃房日；二十五，磨豆腐……與我們農村的過法不盡相同。看都市人說的熱鬧，但做的一定不怎麼樣。

他們大都是圖方便花錢去買。也不能說他們懶，而是條件有限。比如說磨豆腐吧！在城市誰家有驢有磨處理這些？

農村大不相同！寬門大院，大把的農閒時光，有過年的緊迫感，卻沒有侷促感。一進臘月，農村人就寬寬綽綽地準備年貨。其中，蒸年糕就是一個大專案。

先是淘黃米、泡黃米、占碾子（用碾子的人家太多，需要排大隊）、推碾子碾黃米（要相互幫忙。這東西黏性強，碾子推得不能太快，要勻速慢行，體力消耗極大）、過細籮篩麵粉、蒸年糕。

年糕的蒸法——盤鍋臺、燒柴火、水翻花，鍋裡的大箅子（籠屜）上鋪上白紗布，先鋪一層泡好的紅小豆，再撒一層厚厚的黃麵粉，之後就是一層紅棗、一層黃麵粉的累加，要弄得瓷實了才行。最後，蓋上「絳篷」——一種用稻草與秫秸製作的蒸年糕專用的鍋蓋。當濃香濕重的白汽充滿房間，隨便走進一家，不用吃，聞一鼻子都能飽。

年糕蒸得了，出鍋時要提起那層紗布，倒扣著放到案板上——檢驗一個主婦水準的時候到了。揭開紗布，講究上面那層豆子不能掉一顆。如果豆子鬆散，就要用力「拍」實了。

於是，一條村諺應運而生：年糕掉豆——找拍！比喻對那些做人懶散、不像樣的傢伙，要狠狠教訓才是。

這條村諺應用之廣令我吃驚！

還說我吧！那年我們班從外地調來一個新班導，剛來半個月，就召開家長會。會後，他留下我母親，談我課業的事。他們的對話我在門外都聽到了。

他說：「這小孩很聰明，就是不用功。」

我媽說：「您該打就打，該罵就罵！」

他冷笑一聲：「哼哼，我看他就是年糕掉豆——找拍！」

東邊的碾子西邊的磨

一

小時候在大馬村，最讓我興奮的事除了過年，就是村裡的紅白喜事了。

紅事就是喜事，莫過於結婚娶老婆。只是這喜事太短、太快。而且我所關心的只是扔喜糖一個環節。「呼啦」一下子，糖果從主持人的托盤中拋撒下來，像是一碗小蝦扔進滾燙的油鍋裡，地上一陣炸亂。往往收穫甚微，失望比患旱洩的新郎還痛苦。

為此，我不太喜歡紅事。

我最喜歡的是白事。

白事就是喪事，專指死人。人既然已死，也不需要急忙慌亂了，儘管從容來辦。少則三天，多則五日，也有放一期（七天）的。這其中，打「裝槨」（做棺材）入殮、燒紙哭喪、傳燈供飯、出殯掩埋等環節我都喜歡。但最喜歡看的還是哭喪。

哭喪有許多說道：兒子哭驚天動地，女婿哭像驢放屁；閨女哭如訴如泣，媳婦哭有氣無力，老太太哭如同唱戲。

我們村的老太太都很會「哭」，四六言，長短句，起承轉合，有板有眼。村南頭方老太太伴侶死時哭，動聽至極：

「高粱葉子滿天飛，沒兒沒女我靠誰？」

「東邊的碾子西邊的磨，誰給我推磨扛笸籮！」

無兒無女，孤苦伶仃的方老太太失去伴侶的痛苦驚天駭地。但從哭訴的內容來看，好像別的她都能克服，唯有這推碾子、磨磨的工作，無人協助，實在令人傷心。

在農村，推碾子磨磨是件苦差事，也堪稱表現苦難生活的工作。電影《白毛女》中喜兒就是在磨坊裡被黃世仁霸占的；電影《甲方乙方》中傅彪飾演的角色想嚐嚐被剝削壓迫的滋味，被安排體驗的第一個工作也是推磨。老話講「有錢能使鬼推磨」說的雖是金錢的魔力，但暗中也道出了一個事實——這工作根本不是人做的！

二

推碾子磨磨的工作很辛苦嗎？對於無兒無女的方老太太來說，確實如此。可對於做慣了的農村人來說，也沒那麼困難。

我想，這或許都是沒有從事過農業工作的文人們對農民艱苦工作的想像。文人的話大多不能全信。他們認為艱苦的，或許沒那麼可怕；他們認為美好的，或許艱苦異常。比如文壇泰斗汪曾祺的小說《受戒》中，主角小明子與小英子一起踩水車的情景何其美好。可是，有人指出：現實中踩水車是一件非常辛苦、殘酷的工作。許多農人常有踩水車造成睾丸下垂以致脫落的。

推碾子磨磨沒那麼可怕，只是腰酸腿痛而已，睡一覺也就沒事了。或許是這種工作單調乏味，走一天路也走不出一個圈，有一種宿命般的隱喻和生命的無奈在裡面，從而引發了悲天憫人的文人們的同情而已，以至於連大字不識的方老太太都拿此訴說自己的無助與孤獨。

早年，農村沒電。人吃的糧食和牲畜的飼料粉碎都要靠碾子。在磨坊裡風吹不著、雨淋不到，再加之有毛驢助陣，勤快一點根本不會太勞累。如果碾軋的是紅薯乾、黃豆之類的，還可以過細籮、燒開水、沖一碗茶湯喝喝。何累之有啊？

當時在農村流行著「四累」之說：打牆、打坯、割麥子……最後一項不能說，太流氓。

總之，這裡面並不包含推碾子磨磨這類的事情。

三

碾子是鄉村的胃，沒有什麼是它消化不了的。

我常與八十歲的老母親閒聊，說起三年天災時，村民們吃樹皮的事。我問：「樹皮怎麼個吃法？水煮嗎？」老母親說：「哪能水煮？樹皮剝下來晒乾，之後上碾子軋碎，過細籮篩，之後再摻上玉米麵，白薯乾麵，高粱麵等，蒸發糕、做家鄉特有的麵食。」老母親說，樹皮中榆樹皮最好——口感好！這還算是最好的飯食了，後來樹皮吃完了，就吃玉米瓤、棒子皮、白薯秧等，依然是晒乾，上碾子磨……總之，只要是碾子能碾碎的東西，人的胃就能對付。說碾子是農村的胃，根本不為過。

老母親極喜歡碾子軋出的糧食，說：「好吃！」我問：「機器粉碎出來的不好嗎？」老母親說：「不好！機器打出來的東西，乾澀無味，熬不出油，因為那是熟過一遍的東西了。」

這樣的解釋，我前所未聞。

記憶中，我們大馬村東南西北好像都有碾子。有的大戶人家（這裡指人口多的人家）自己院子裡就有一盤碾子。石磨則是用來加工細糧的。如磨豆腐、做粉條，它是升格為第二版的碾子，不到年節很少能派上用場。

而碾子就很普及了，它不拒粗細，橫掃千軍，摧枯拉朽。

碾子啊！你不知疲倦地轉呀轉——千載輪迴徒步走，朝夕只為口中餐；唯有深夜殘勾月，撫摸傷痛透骨寒。

前年我回故鄉探親，發現村中的碾子蕩然無存。碾盤棄置路邊，石輪不知去向。可憐的碾子——有名無實的糧食加工廠，生命就這樣被定格在荒蕪之中。

唉，怎麼說呢！再堅硬的東西都會被時光碾碎。而歲月，才是名副其實、無堅不摧的碾子呀！

炸醬麵、麻醬麵、大滷麵

我的一位剛從外地回來的朋友一到家就找到我，大訴在外地的種種不適。首先就是外地的飯太難吃：「那叫什麼東西呀！根本就沒辦法吃！一碗餛飩半碗醬油，炸醬麵黑成一團的看著就噁心；餐館裡也不行，辣椒炒肉那辣味居然是甜的！……總之，外地的飯真是不行，那些廚師都水準不夠。」說著他一拍我的肩嘆息一聲，「唉——！你能在那裡長這麼大真不容易。」

一席話說得我哭笑不得，一方水土一方人，一個地方的飲食習慣是最不好指摘的。照他的意思，我們從街上的小館子隨便派一位廚師到外地去都能進高級飯店謀個廚師長的職位。

說歸說，笑歸笑，老實說離家多年，家鄉的許多飯食我也吃不慣了。但是，也有一些飯食我認為還是相當不錯的，比如老家的一些麵食，確切說就是麵條令人難忘，今天不妨就說上三種。

一是炸醬麵。這是我的最愛，這東西看著黑成一團的不太美觀，其實吃起來特香。我常見一些外國人——黑人白人的都一碗兩碗地吃個不停。顧名思義，炸醬麵的主角當然就是炸醬，也就是說這碗麵是「以醬立麵」。醬炸得好壞直接關係到麵的聲譽，所以，當地炸醬麵的炸醬用的都是百年老號正宗六必居的黃醬。挖一湯匙放到碗裡，多用些水把醬拌開、調稀；接下來就是切肉（豬肉、羊肉均可），要肥瘦搭配，以瘦為主，肥不可缺；切好薑末、蔥末。炸醬時鍋裡要多放些油，在油不太熱時先放薑末，待炸黃炸出香味，就把切好的蔥末放進一部分，然後放肉丁。肉不能炒老了，否則吃起來咬不動，只要肉丁炒到變色，就把用水調好的醬倒進鍋裡。醬剛下鍋時不能用力攪，要將火放小，謂之「小火乾炸」，一般要等半個小時炸到稍稠時，再把剩下的蔥末放進醬中，這時才能多攪，不能讓醬糊鍋。此時，醬裡的油也炸出來了，醬香味也出來了，出鍋時再放上一點雞精，這樣炸出來的醬，黑紅發亮，上面汪著一層油，醬香、蔥香、薑香全齊了。盛夏時，炸上一些醬放到罐頭瓶裡，天熱不想做飯就下一把麵，拌而食之，不失為一頓佳餚。不過，本地沒有六必居黃醬，可用營口大醬代之。甜麵醬不行，沒有醬香味。

二是麻醬麵。應該說明此麻醬並非彼麻將，這是芝麻醬的簡稱，簡單說就是磨製香油的下腳料。不過若是麻將打得順手，腹中飢餓又不忍罷手，就完全可以以此充飢。說不定食、娛同題會帶來好運。

麻醬麵非常好吃也非常好做。只需要把芝麻醬用筷子挑出一坨放在碗裡，加上點鹽，再加一點涼開水，用筷子順著一個方向攪動把醬拌開，再攪一攪待醬變稠了，再加一些涼開水接著攪，反覆多次，直到能拌麵的程度，最好能把滲到醬中的香油攪出來。這個醬可以拌麵，也可以拌涼菜，味道之好，不可言喻。

炎熱的夏天，將下好的麵條放到剛打上來的井水裡過一下，澆上一大勺攪好的芝麻醬，手中抓一根頂花帶刺的黃瓜，吃一口麵，咬一口瓜，嘿——！那叫一個美。

在以前，當地市民夏天離不開這東西。有一年夏天芝麻醬斷貨，著名作家老舍先生就寫提案向上反映。為一罐芝麻醬小題大做，聽著有點奇怪。可仔細想想，群眾利益有哪一件是小事呢？

芝麻醬到處都有賣，當地超市就有。不過，一些人因為吃法不得要領，對這東西並不感興趣。去年夏天我在外地出差時，老婆就買過一罐沾饅頭吃，結果吃到嘴裡舌頭拉不開。一生氣她就丟掉了，我回來聽了哭笑不得。

三是大滷麵。先聲明這與牛肉麵館做的大滷麵是兩種不同的類型。這種麵製作簡單，但形式多樣。滷有雞蛋滷、番茄滷、茄子滷、金針花木耳滷等等。正宗的大滷麵是以前傳統的做法，相當複雜我們學不來。但小戶人家的做法也很夠味。一般配料有肉片、香菇、木耳、金針花、蝦米、雞蛋、太白粉等。先將油燒熱放入蔥花，然後把煮肉的湯倒入鍋中；再把肉片和發好的香菇、木耳、金針花、蝦米放進去，煮開之後，加水太白粉徐徐倒入鍋中勾芡；煮開待湯汁漸濃，再甩上一兩個雞蛋，之後放入鹽、雞精、米酒就可以起鍋了。注意！大滷的關鍵環節是加水太白粉勾芡，加多了湯汁濃稠似糨糊；加少了清湯寡水沒情調；要不稀不稠，黏稠適度，滷湯水滑晶瑩方為上品。

如果嫌太複雜，那還有更簡單的就是，先熗鍋後加水再放入切好的番茄片，然後勾芡，甩一個雞蛋，再加入各種調味品就行了，這叫番茄雞蛋滷，簡便好吃。老家有「雞蛋打滷過水麵」之說，也是夏季飲食之佳品。

以上就是三種麵的主料，接下來我們再說說麵的問題。

正宗炸醬麵、麻醬麵、大滷麵中的麵一律是手打麵。即：自己和麵、擀麵、切麵（或拉麵），這樣下出來的麵才勁道好吃。現在市場裡的切麵鋪有各式各樣的麵條，但都不適合。還有一種模仿手工的麵條看起來很類似，但吃到嘴裡味道不對。麵條發硬，不勁道，少了韌勁。吃麵也有學問，要「人等麵」，不能「麵等人」，現吃現下。

一般吃麵，都是先和好麵放到一旁醒著，然後再處理各種醬或滷，等做好了醬滷，麵也醒好了，這時或拉或切定然柔韌有度，美味可口。

應該說明的是，三種麵中炸醬麵要熱吃，因為炸醬肥肉多，葷腥味重，涼吃容易拉肚子。其他兩種麵都要過水涼吃，講究的是井水過麵冰涼爽滑。

現在醬也好了，麵也好了，但還是不能吃。正如吃拌麵要有炒菜，吃這三種麵也要有各色菜蔬拌麵。不過，這些菜都不用油炒，完全是清燙。其中內容講究頗多，一般要有：青豆、黃豆、白菜絲、菠菜葉、韭菜段、蘿蔔絲、黃瓜絲、芹菜末、香椿葉等不下十幾樣。這裡面有些菜吃前需要在滾水中煮一下，別小看這些東西，因為出產時令不同，想湊齊並不那麼容易。實在不行減少幾樣也可以。再不行，洗根黃瓜抓在手裡乾吃也別有一番豪爽之風。總之，絕不能白吃麵。老家人把沒有配菜的麵叫「光屁股麵」，聽起來多噁心。

炸醬麵、麻醬麵、大滷麵三種麵介紹完了，有興趣的朋友可以做看看，成功了算您的功勞，做砸了罵我的不是。

第四輯　樹熟流芳

緣起

大馬村人對果樹敬畏有加，這從對這些樹所結果實的稱謂上看得出來。凡蘋果梨桃、海棠杏棗，一律稱之為「樹熟」。彷彿樹是一位廚藝高超的大廚師，所結出的並非時令篤鮮，而是果腹之飯。

樹熟三篇，說的是棗、梨和柿子。農諺有「七月棗、八月梨、九月柿子紅了皮」之說。這既是一條精練深刻、發人深思的農諺，也是一首好聽易記、朗朗上口的童謠。

我愛說，當然，更愛寫！

七月棗

一

說真的，棗是不是七月成熟的，我還真弄不清楚。

管他幾月成熟呢！植物的生長連著人的心。懸掛枝頭的果實就是玲瓏剔透的人心——「葡萄熟了，阿娜爾汗的心醉了。」同理，大馬村的棗紅了，孩子們的心也碎了——偷棗是那個時節令孩子們怦然心動的主題。

其實呢，棗在當地根本就不是什麼稀罕物。誇張點說可謂：家家有棗樹，戶戶滿天星。郁達夫在《故都的秋》中寫道：「北方的果樹，到秋天，也是一種奇景。第一是棗子樹，屋角、牆頭、茅房邊上、灶房門口，它都會一株株地長大起來。像橄欖又像鴿蛋似的棗子，在小橢圓形的細葉中間，顯出淡綠微黃顏色的時候，正是秋的全盛時期，等棗樹葉落，棗子紅完，西北風就要起來了……」

前面說村裡的孩子們喜歡偷棗，這倒不是因為稀缺，而是源於兒童的淘氣頑皮，土話稱之為：閒恪！當然這也不能完全怪孩子不尊重棗樹。我想，主要還是因為棗樹這東西本身七扭八歪的奇形怪狀。不像人家松樹正經八百地令人肅然起敬。

別說孩子不拿棗樹當回事了，大人也一樣啊！

魯迅在散文詩〈秋夜〉中寫道：「在我的後園，可以看見牆外有兩株樹，一株是棗樹，還有一株也是棗樹。」儘管評論家們絞盡腦汁地賦予這句話多麼高深的思想性，其實大家一眼就可看出此話的無聊與無奈。

真是無聊嗎？

還是郁達夫在散文《回憶魯迅》中寫道：「去看魯迅……他住的那一間房子，我卻記得很清楚，是在那兩座磚塔的東北方，巷弄正中央的地方，一個三四丈的小院子，院子裡長著三四棵棗樹。」

這就有意思了！如果這兩人說的是同一個地方，那魯迅的文章就相當克制了。人家要是把話說全了就會成這樣：在我的後園，可以看見牆外有兩株樹，一株是棗樹，還有一株也是棗樹。此外，院子裡全是棗樹……如果說的不是同一個地方，文章似乎也應該這樣改：嗚呼，我說不出話來！不管搬到哪，都離不開這些該死的棗樹。我看乾脆改叫「棗莊」算了……

二

棗樹這東西其實不賴，夏天一地濃蔭，秋季繁星滿冠。天上的星星要是看到摸不著，地下的脆棗卻隨便扔塊土塊就會狂飆為你從天落。俗語講「有棗一竿子，沒棗一棍子」意思就是：無論事情的結果怎麼樣，先試一下再說。將此話再往上就成了：實踐是檢驗真理的唯一標準。想不到這歪瓜劣棗的東西竟蘊藏著如此高深的哲理，棗樹品種很多，據載：「都門棗品極多，大而長圓者為瓔珞棗，尖如橄欖者為馬牙棗……還有酸甜適度的『老虎眼』，顆粒大、脆甜的大白棗等。」不但史料有棗的記載，傳說故事也有不少啊！

乾隆皇帝聽說劉羅鍋能掐會算，決定試試他。一天早上，他隨手摘了個青色的大棗握在手中，差人去叫劉羅鍋。劉來了，未等乾隆開口，跪倒就問：「大清早的……」老劉想說：「大清早把臣宣來有什麼事？」但剛一開口，乾隆就以為老劉猜對了，急忙張開手說：「你猜對了，朕手裡握的就是大青棗！」老劉一頭冷汗心想：剛才要是說成大早晨的就惹麻煩了。

這故事不怎麼樣，但足以說明棗樹的遍及。上至皇宮大內，下至百姓人家隨處可見。以至於連皇上都拿大棗來檢測臣子的智商。

話說近些年為保護古都風貌——大聲疾呼者有之，上書謀劃者有之，搶救拍照者有之，網文討伐者有之。我也注意到所有這些大多是針對視覺面貌而言的：融洽溫馨的雜院、古樸幽深的巷弄、人情充溢的市井、街裡街坊的無間親密等。其實，養育一方的熱土怎麼會只有這些眼前可見的東西呢？除了視覺的、聽覺的（如市井吆喝聲等），起碼還應該有味覺的。

在網路上，我看到有個叫潘青華的人，就真的做了件留住味覺的事情。

老潘（那時應叫小潘）一九九七年研究所畢業後。每到週末他就會到處閒晃。晃著晃著，他發現很多古老院子拆了，院裡的許多樹也被砍伐，且大多數是棗樹，很多已是幾十年甚至上百年的古棗樹。他就想這些棗樹都是寶貴財富，就這樣白白地被砍伐，真是浪費，而且有些品種可能就只有一株，如不保存下來，就面臨著絕種的危險。

一個大膽的想法閃現在潘青華腦中：把當地的棗樹全部收集起來，太大的樹就剪下枝條，嫁接在別的棗樹上，然後進行研究和篩選。從一九九九年至今，潘青華已在收集了面臨砍伐或棗瘋病威脅而絕跡的棗樹接穗一百六十八份，其中有二十四份採自已經定為古樹的。他還在收集了一顆罕見的有八百多年栽培歷史的面臨衰老死亡的酸棗樹，透過高枝嫁接的方式使其保存下來，建立了棗樹基因庫。

目前，棗樹基因庫中保存了從當地收集的鮮食類型十個品種、乾食類型十二個品種和觀賞型六個品種，此外還有四個酸棗品種……

味覺——舌尖上的記憶是所有人類記憶中最頑固、最穩定、最牢靠的記憶！如此一來，故鄉就可觀、可聞、可嚐——活了過來！

三

大馬村的棗，作為棗樹的鄉下窮親戚也沒什麼新鮮的。瓔珞棗、「老虎眼」、馬牙棗、大白棗居多。記得村後頭孫長河家的自留地裡有一棵葫蘆棗。我吃過，結出的棗子真像一個小葫蘆。其他的，最多的就是兩頭尖、中間圓，形狀為橢圓形，果肉細嫩多汁，酸甜可口的「尜尜棗」了。

尜尜棗很討村人的喜歡。當時村裡流行「四暄」、「四累」的說法。村民為此還特製「四小」贊之——虎耳草、尜尜棗、母豬的乳頭、小孩子的雀。雀，指的是男孩的「小雞雞」。這些話聽著有點「那個」，其實很接地氣。它只是說這四種小東西玲瓏討巧，萌態可人。（這還是我修訂的版本，原版更汙。）

總之呢，我們村的棗就是這麼個情況，乏善可陳。而今天我要說的恰恰是一種不起眼的小酸棗。

提起小酸棗，別看它模樣不濟，卻有著光輝的藝術形象。喜歡評戲的老百姓對評劇《金沙江畔》耳熟能詳。其中，那首由評劇大師演繹的《小酸棗》著名唱段更是家喻戶曉。故事就不贅述了，摘幾句唱詞給大家欣賞：

小酸棗滴溜溜的圓，
紅嘟嚕的掛滿懸崖邊，
吃在嘴裡冒酸水，
吃在嘴裡口不乾。

（對這齣戲我一直不明白，既然著力描寫缺水口渴，而劇名偏偏又叫作《金沙江畔》，守著一條大河，還活生生上演了一段現代版的望梅止渴，真是不可思議。）

四

大馬村沒幾棵像樣的酸棗樹。有，也只在坡頂溝邊長那麼幾棵。姥姥不疼，舅舅不愛的。

真正大規模、密集型的酸棗採摘地，是在村子西邊一公里地遠的「森林坡」！這是一片屬於西莊戶村的丘陵地。名叫森林坡，並沒有林木。只是隨坡勢開墾了許多梯田，作為條田林網，該村種植了大量的小灌木——酸棗樹（圪針林）。每到夏天，枝葉茂盛，掛果極多。

森林坡的酸棗紅了，大馬村的孩子瘋了。瘋的原因是因為有人拿它賣了錢。鉅款——五塊！

再沒有什麼比能夠直接變現更具有吸引力的了。春天我挖過三角信（一種藥材，鹼性極大，洗完手瘙癢難忍）。夏天我到處搜集大麻籽（即蓖麻，也是藥材）。現在又聽說酸棗能賣錢，豈能錯過？

沒有買賣就沒有採摘。我頂烈日、冒酷暑，不懼圪針扎、虺虺蟄（一種毒蟲）、野孩子欺負等，採摘了一大書包，紅紅綠綠，酸酸甜甜。

站在良鄉大角日雜商店門口，不久我就賣了好幾塊錢。（我用了一個比酒盅稍大的小玻璃杯，裝不了幾顆）。後來賣不動了，天色將晚，這時，一個路過的老太太對我說：「孩子，賣酸棗要去北關醫院，那里看病、懷孕胃口差的人多。」

聽人勸，吃飽飯。我就直奔醫院。果然，在大門口，一下子我又賣了不少。不只是孕婦，男女老少看病的都買。但也難說，那年頭能吃得起水果的有多少人？而且，都是都市人買，鄉下人根本不稀罕。

約莫還剩四五杯，我沉住了氣。這時就見從醫院門裡走出一位年輕婦女（一看就是都市人），身高不高，臉色蒼白，滿頭是汗。走得很吃力，手撐著腰，肚子不是很大，但是很累的樣子。

她發現了我，不，是酸棗。兩眼發亮，一步搶上來，端起小茶杯「一飲而盡」。一邊在嘴裡狂嚼，一邊在口袋裡掏出皺巴巴、濕漉漉的紙鈔塞給我。她連棗核都不吐，直接咽下，兩眼閃著淚光。最後，她又雙手摸摸口袋，空空如也。無奈地舔了舔嘴唇，轉身離去。

看著她淒涼的背影，按了按癟下去的書包，我高聲喊道：「阿姨！這些棗子都給你吧！」

八月梨

極喜歡一首鄉村童謠：

籃裡裝的啥？
籃裡裝的杏。
讓俺吃點吧？
吃吃老牙硬。
後頭跟的誰？
跟的俺媳婦。
那咋恁好啊？
那是俺的命。

鄉諺俚曲，用的卻是《詩經》的比興手法，一問一答，妙趣橫生。杏的青澀酸甜正是青春情愛的象徵。可既是童謠，又怎麼會扯上媳婦呢？明末清初戲曲家李漁在《閒情偶記》中說「樹性淫者，莫過於杏」，稱杏樹為「風流樹」。於是乎，前邊說杏，後面談情，這兩廂還是蠻搭的。本篇說梨，卻聊了半天杏。這也充分暗合了紅杏喜歡出牆的性格。其實呢，杏也好，梨也罷，都算得上莊戶人的至密親朋。鄉土文學中，說什麼總喜歡先拿身邊的植物開頭。「櫻桃好吃樹難栽，小曲好唱口難開」、「紅瓤子西瓜綠皮包，妹妹的話我忘不了」。因此，說梨聊杏，不算跑偏。

本篇說梨，我真說不出個子丑寅卯。因為，我生活在大馬村時村裡就沒有梨樹。抑或說，我就沒見過梨樹。但我吃過梨，而且清楚地知道梨生長在八月。起碼每年的八月十五，明月升起之時，我會分到一塊「自來紅」的月餅，一隻大鴨梨，一把海棠果。而吃的順序是：先消滅海棠果，之後，一口月餅一口梨，合而吞之。

月餅吃不完可剩下慢享，梨卻要一口氣吃完。吃不完寧可爛掉也不能與人分食，因有犯「分離」的諧音。大馬村的老話說：兩人吃梨不好介！

於是，這些美食果品，明月一般一直閃耀在我的歲月長河裡，波光粼粼。當然，也時常把我弄得淚光閃閃。

關於我們家鄉的梨，本文輯要一二。

當地梨主要有三種：杜梨、白梨、酸梨。

一、杜梨。也稱「杜梨子」，為原生野樹，適應性強，肥田、窄地、山坡埁均可一見。杜梨果實和大個的山裡紅差不多，顏色土黃，味道艮而澀。

記得大馬村東邊大渠邊上有一棵高大的杜梨樹。採下的果實放在開水裡煮一下，也加減吃。怎麼說也是水果嘛！

從某位作家文章中得知，這不起眼的杜梨樹竟然是果木之林的「王」。梨樹系統中包括蘋果、檳子、海棠、沙果等，全是透過它嫁接而成。好滋味，源於它的母體「發酵」。真是人不可貌相，果不可味量。

二、京白梨。這梨，扁圓形，短把，汁多，甜。果皮始為黃綠，日後變黃白。果面平滑有蠟質光澤，果點似秤星，稀少。肉質粗而脆，易溶於口，香甜宜人。個頭大，一般小的二三兩，大的一只在半斤以上。

三、酸梨。學名叫「安梨」。果不大，生時吃木頭渣子似的。只有在穀倉裡捂上一段時間，方得美味。酸裡有甜，酸裡有香，掉了牙齒的老人喜歡吃，穿開襠褲的小孩也喜歡吃，最後連果核都剩不下。

「梨花開，春帶雨，梨花落，春入泥。此生只為一人去，道他君王情也痴。」這是梨園名家李勝素大雅之堂的吟唱。「桃花開，杏花謝，誰給梨花做滿月。」這是鄉間百姓的口中民謠。

一枝一葉總關情，一花一果寄情思。

那年秋天，我離鄉，在火車站與送我的哥哥話別。

老式綠皮車，窗門向上能開啟。我裡他外，不知該說些什麼。從小在同一個炕上滾大的農家孩子，到了這個節骨眼，哪會表達感情？見小桌上有一籃親友送的水果，就隨手拿出一顆遞給他，竟是個大鴨梨。

車動了，才覺原來我們的心上都拴著繩子。車走繩緊，頓覺心肝肺都被掏空了，痛得幾乎昏過去。

我失聲大哭，淚如潑水，探身揮手向追著車跑的哥哥道別。朦朧中，但見他猛然停住，一抬手把那顆鴨梨憤然地摔向了月臺……

九月柿子紅了皮

樹熟三篇終於到了收官篇了。

不兜圈子了，還是這幾句：我生活在大馬村時村裡就沒有柿子樹，抑或說，我沒見過柿子樹。

這是真話。

村裡只有些根正苗紅、老實巴交、貧下中農型的楊槐榆柳。當然也有拐瓜劣棗的果樹，品行不端、經常出牆的杏樹和「樹下埋死人」的李子樹，苟且偷生在大馬村的犄角旮旯。

俗話說，沒吃過豬肉，也見過豬跑？

我雖沒見過柿子樹，可我確實吃了不少柿子。生的、熟的，青的、紅的，硬的、軟的，熱的、凍的……這些柿子大都是我們村去、山裡拉腳的馬車拖拉機帶回來的。稍大，才知道我們故鄉是著名的「磨盤柿之鄉」。

這些車往山裡頭跑，拉煤，拉編筐的荊條，拉蓋房的椽子，拉做棺材的板子，順便也拉點山貨——那些漫山遍野，或懸掛枝頭，或萎落大地的「一兜蜜」。

只要有柿子，管它什麼生熟青紅，對付這些我有的是主意。青柿子，生澀難吃。有辦法。或在皮上劃幾道淺口，塞進幾粒生花椒，埋進麥子囤，捂它幾天；或者直接扔進灶臺旁的「溫壇」裡，泡它兩宿。凍柿子，冰冷扎牙。不用溫不用暖，帶著冰一口氣把它吸了。結結實實打個冷戰，那叫一個痛快！

雍容飽脹的柿子堪稱水果界的飽學儒士，渾身充滿哲學，教會了我許多東西。聽那些趕車的人說，山裡人摘柿子不全摘光，總在樹梢頭留幾隻給老鴰們。人不忘鳥，這是我最早接受人與環境和諧發展的生態啟蒙。

「老太太吃柿子專揀軟的捏！」這是我最早接受的鄉村版「叢林法則」。

「腋下夾柿子——沒你這麼濫（懶）的！」這是和「櫻桃好吃樹難栽，幸福生活等不來」有一拚的大馬村物語。

柿子紅了，於什麼季節呢？民諺：七月棗，八月梨，九月柿子紅了皮。按西曆折算，十月末。

柿子紅，紅在了樹枝，紅在了窗臺、紅在了屋頂。柿子進家門，大部分晾房頂，窗臺擺一排。立時，祥光繞屋宅，瑞靄環庭宇。

最難忘，放學歸來，站在山坡上放眼村莊。家家屋頂紅色的蒸騰（有的晾晒的是蒸熟切條的紅薯乾），村落飄浮的安謐，人間朴樸實實的美使我身輕似紙，心丸賽仙。

值得一提的是，那時的民居多是歇山挑脊的平房。站在高處，屋脊似風吹水面層層浪，隨便在上面晾晒點什麼都能構成一幅賞心悅目的農民畫。而現在，家鄉的二哥說：平房沒有了，都蓋成小樓啦！

唉！沒有了屋脊起伏的鄉村，那孩子們脫落的上牙（家鄉風俗，小孩換牙，上牙掉了扔房頂，下牙掉了放門墩）扔到哪裡去？叫春的貓趴到哪裡去？紅紅的丹柿或者紅薯乾晾晒到哪裡去？

咳！鄉村應該與人一樣，都有其發展的宿命。如此說來，我這又是瞎操心啊！

第五輯　金色流年

肥年

引子

當年村莊的景氣不錯，年終決算，平均收益至少有五千元，只有我們家舉家憂愁。作為產銷班的員工，一年中我們分得產銷班的許多糧食蔬菜——玉米、小麥、高粱、穀子、黍子、白薯、倭瓜、西葫蘆、大白菜，等等。分這些東西的時候是免費，但年終決算要靠工作量抵消。

我們家勞力缺乏。我和兩個哥哥，一個上國三、一個國二、一個上國一，勞力只剩媽媽一個人，而且體弱多病工作量少。

我爸呢？哦，忘說了，他在遙遠的外地工作。

我媽好不容易找到一個工作量大的親戚，向他們借了一些工時，抵平了生產隊的欠帳。雖說當時允許這麼做，但畢竟也是欠下了債。正當我們煩惱今後的日子該怎麼過時，年關來了。

一

年是一種休眠動物，每年自正月十五之後，沉沉睡去；歷經春夏秋冬，臨近第二年的除夕又漸漸醒來。喚醒年的方式有很多種。臘月的某一天，不知誰家的熊孩子，翻撿出陳年舊月的一支鞭炮點燃，「砰！」的一聲，像是民歌手用「美聲」喊了那麼一嗓子，全村人為之一振——呀！快過年了！

是的，年是被各種各樣的聲音喚醒的，而絕不是別的什麼。

儘管流行的那首歌謠——「二十三，糖瓜黏；二十四，掃房日」等強化的是「新年倒計時」的各種行為動作，但是，這首吟誦於兒童口中的童謠，呼喚著人們對新年的美好期盼。

是的，喚醒新年意識對於兒童來說是鞭炮聲，對於老人是祝福聲，於家家戶戶是排山倒海的剁餡聲，大馬村則是流動商販的叫賣聲。

你就聽吧！一進臘月，各類小商販輪番登場——賣白菜大蔥的、賣粉條的、賣土菸葉的。這些商販格外狡黠。賣粉條的「抽條」！自帶鍋灶，現抽現煮，查質驗貨。但往往買回家的與現場品嚐的差異較大。賣菸葉的「魚目混珠」！把好菸葉混到敗葉之中。賣菜的「虛張聲勢」！大車未到，先派一人單車獨騎，象徵性地帶一些菜，來到村中叫賣，且要價極高。遭一陣辱罵之後趕往下一個村。等大車到來，低於之前售賣價格，村人頓時覺得撿了便宜，其實一點不便宜。換大米的、賣砂盅子（砂鍋）的、賣炕席的、賣笸籮簸箕的、賣絳篷（一種用秸稈皮與麥草編製的蒸年糕專用的鍋蓋，形似滿清官員的頂子）的、賣窗花的、賣老鼠屎、賣沖天炮的——這原本是放置在床底下，點燃冒濃煙，用來熏蟑螂、臭蟲的小泥丸，卻被塞上火藥，成為土花炮——「沖天炮，沖天炮，白天一溜煙，晚上大火球」。一聲聲吆喝，衝擊著買不起正規花炮的我等窮孩子們。賣胭脂的，極小的一個紙包，小心打開，裡面一小撮泛著五彩光澤的細粉，用水塗開，它就會變成極濃豔的紅水。手巧的農人把已經乾硬的老南瓜切塊，用粗針雕刻出雙喜字，形成一枚印章，黏上胭脂紅，戳在出鍋的饅頭、年糕上。一顆只撳滿紅色印章的年糕饅頭，就是一封封通往新年的通行證、介紹信！

上述種種，都市人可以三五成群，流連街市，愉悅選購。而在大馬村，卻如吃自助餐一樣，商販流動眼前，村民坐等挑選。聲聲吶喊，富裕人家欣喜若狂，貧困之戶清苦悽惶。

上述種種，許多人稱之為「年味」。對此，我不以為然。這是一種極為文學化的表述。年怎麼會只是味覺的概念呢？味覺只是彌泛於口腔，而聽覺則可迴旋腦際，喚醒心靈。

上述種種，大都與我家無關。我們無錢購買。連續幾年的家中事件：奶奶去世，蓋新房子等，已使得遠在外地的父親負債累累。為此，我們做好了過一個「素年」的準備。

大白菜尚有幾棵，白麵也有半袋，年糕已經蒸好，屋子打掃乾淨，黑舊的炕席已用胰子水擦白，破損的窗戶紙也被我用作業本紙補齊，窗花自剪，衣物洗淨，鞋洞補好；豆腐、粉條是用老玉米到產銷班換的，鞭炮是用我賣廢品的錢買了一掛一百響的，魚也有兩條，是我二哥在東河沿的冰層下捕獲的。最遺憾的是沒有肉！但我們有兩瓶花生油，這是我媽「盜花生」磨的……

正當我們全家同仇敵愾地準備與新年拚個你死我活的時候，喚醒我家的聲音響起了——村裡的大喇叭正在反覆播送：楊祥（我哥），楊祥，聽到廣播後，趕快到大隊部取匯款單！

二

我爸寄錢來了，十五元整！

當我把那張墨綠色的匯款單（匯款單的樣式好像幾十年都不曾變過，我對此珍愛至極。前些日子某雜誌社與我商量今後用網路銀行支付稿酬，被我斷然拒絕。他們說傳統匯款太慢，我說慢就慢！）貼在心口拿到家中時，鄰居二禿子的媽媽已坐到我家炕頭抹著眼淚。不用說，這是聽到我爸匯款後來借錢的。二禿子家孩子多，比我家還貧困寒酸。我媽在了解到錢款數額後，果斷做出決定：借給他們五塊錢！

第二天寒風呼嘯。天剛亮，我與哥哥、二禿子三人趕往五公里外的良鄉鎮。大家興奮異常，絲毫不覺得冷。幾乎是一路歡跳地前行。進得鎮裡，我們兵分兩路，我哥去領錢，我和二禿子先到修造廠肉食品門市部去排隊——只有在這裡才可買到厚達五指的肥肉。

肥肉我家買了三公斤（好大一塊！），二禿子家買了兩公斤。接著，興沖沖「殺進」鎮裡，就像到了印度大城市——「猛買」！在農貿市場買糖果、瓜子、海帶、茶葉、茶碗，在新華書店買年畫，在「大角」買鞭炮。一掛兩百響的小鐵杆，四個雙響爆竹，一個大爆竹。二禿子也是收穫滿滿。最終我們還把剩餘的兩塊錢交還媽媽。

那時的錢可真值錢呀！

大年三十——豐盛的家宴：肉餡餃子，葷素菜餚；愉快的活動：放鞭炮，點燈籠，守歲熬夜，我們一家開心無比！

大年初一一大早，二禿子帶著四個弟妹來給我媽磕頭拜年。

我媽給了他兩元壓歲錢……

尾聲

年後，我們收到爸爸的信。信中沒提過年的事，只是東拉西扯地說了一大堆別的，並在末尾極隨意地提了一句：你們的年過得好吧？

多年之後，我才體會到父親的心境。但當時「少年不識愁滋味」的我，給父親回信的第一句便興沖沖地說：

爸，今年我們過了個肥年！

年夜飯

大馬村的年夜飯並不真的在夜裡吃，差不多都是下午三四點鐘就開始了。

當我「肉醉」暈頭推開房門，奮力咳出卡在喉嚨中的魚刺時，淚眼朦朧地扭頭看到夕陽已經沉落到西院王四奶奶家西南角的棗樹上。

這一年，我家的年夜飯格外豐盛。有肉、有雞還有魚。肉，是年二十八，家裡接到我爸從外地寄來的十塊錢——（半夜排隊）買的；雞是一隻進入更年期且患有重度憂鬱症的老母雞（不產蛋）——宰的；魚嘛，是我們從南河溝裡——摸的。

應該這麼說，我們家的魚是真魚，就是不太正經。

那年月，村人眼中的正經魚，就是鄰村供應的海鮮：「狗屎黃」的黃花魚和「菜刀寒」的帶魚。

帶魚瞪著兩隻裝傻充愣的大眼睛，身材挺直如鋒利的寶劍，寒光閃閃地剮蹭著我們這些貧困人家的心靈。最可氣的是，牠們被草繩捆住，吊在自行車的車把上，隨車遊弋於大街小巷，趾高氣揚，跟活的一樣。

我們家的魚，活的，是道地的河鮮。

年前的一天，我和二哥去鄰村張莊換麵粉（用麥子磨麵等不及，就直接用麥子換磨好的麵粉，麩皮等都折合在內）回來的時候抄近道跨越南河溝時，猛然發現這條入冬即乾涸的小河，岸邊一棵大柳樹的根部居然有一個很大的洞，洞中居然有水，水中居然有魚，魚居然很多、很大，我的天吶！

上前探視，潭不大，積水澄澈。「潭中魚可十許頭，皆若空遊無所依」。見我來，並不慌亂，遠房親戚般羞澀地看著我。正當我糾結該怎麼把牠們迎接出來時，一回頭，我二哥已經脫下棉褲，踏入水中。

那些魚可能對這坑前途黯淡的清水早就失去信心，自殺式地不怎麼反抗，束手就擒了。兩條大鯰魚，四條鯽瓜子，還有幾條身形不小、不三不四的雜魚，原本用來裝麩皮的口袋變成了魚簍，裝了半袋。

三十打兔子——有牠過年，沒牠也過年。這裡說的是野貓，在原始社會生態環境良好的當年，本不是什麼稀罕物。但魚就不一樣了！

不只是「連年有餘」這個口彩好，牠還是那麼地高貴與驕傲，悠游自在，與世無爭。不像豬，泥淖相伴，穢草雜食；有別於雞，爭食鬥勝，小肚雞腸。魚的出現，極大地提升了我家那桌「徐娘半老」年夜飯的「檔次」。

白菜粉條、燉凍豆腐、涼拌海帶、老母雞湯、炸年糕、熱豆包等統統都擺在以燉魚為中心的笸籮周圍——我們家沒有炕桌，只把大圓笸籮反扣在炕上。

一家人圍坐一起，像同敲一面大鼓，每次伸手夾菜都驚心動魄——這都是常年不見或者年不常見的菜餚啊！它們與牙齒、舌頭毫不糾纏，與喉嚨擦肩而過，一頭撲進五臟六腑，像失散多年的親人，緊密相擁，喜極而泣。

我家的燉魚是純燉魚，絕無摻雜其他佐料。我清楚地知道那些耀武揚威地買了帶魚的人家，那幾條可憐的帶魚不可能獨善其身，與牠們相伴的常常是半鍋豆腐或者切成薄片的鹹菜麵疙瘩。想要獲得更多鮮香的海味，利用這種「混搭銷售、借位增粉」的技術，卻是四十年前莊戶人家流傳下來的。

實話實說，這頓大魚大肉近乎奢侈的年夜飯，並非想像中的美好，並沒把我的靈魂吃到出竅。相反，我卻格外安分守己。針對這種狀況，我母親一針見血地指出：一到了新年，你就像條餓狼似地胡吃海塞！

嘻嘻，真的耶！

年糕剛蒸好，狼吞一塊，差點被噎死；豆包餡剛包好，虎咽一碗；生嚼了幾條發好的海帶；啃食過幾塊凍豆腐；用手指偷挖過一大口煉好的豬油，外加一大把油渣；炒花生抓一把，炒瓜子盛一瓢；用老玉米換的一小捆粉條，到年三十已剩不到半捆……

咳出魚刺，回到屋中，我一頭扎到炕上酣然睡去。

對於一個孩子來說，過年的幸福不是那一桌豐盛的年夜飯，而是每天孩子的嘴不閒著，總有東西可嗅、可嚼、可吞咽。說到底，孩子是用嘴感知世界的。

收拾完碗筷，我母親就準備包大年初一的餃子了。哦，對了，大馬村裡的習俗，三十吃米飯或烙餅，大年初一才吃餃子。

要包餃子先拌餡料，豬肉白菜是神品。

豬肉也包括豬肥油煉出來的油渣。當時，買豬肉講究五指膘而非五花肉，為的就是能多出葷油與油渣（儘管被我偷吃許多，但在我母親的嚴防死守下，尚有餘存）；白菜是鄰村出產的小青口。這種菜體形修長，外表看灰頭土臉，實則鮮嫩多汁。

一切準備就緒，聲勢浩大的剁餃子餡節目就上演了。老舍在小說《正紅旗下》中寫道：「街上，祭神的花炮逐漸多起來。巷弄裡，每家都在剁餃子餡，響成一片。趕到花炮與剁餃子餡的聲響匯合起來，就有如萬馬奔騰，狂潮怒吼……連最頑強的大狗也顫抖不已，不敢輕易出聲。」

忽然想起，近年來，為了恢復古都風貌，我們的建築師、藝術家卯足全力。巷弄整舊如新，叫賣吆喝成了民俗表演。我在想，有哪位表演藝術家，能在整條巷弄裡再現一下這被老舍讚為萬馬奔騰、狂潮怒吼的「剁餡大戲」，該是多麼撼人心魄呀！

我就是被左鄰右舍和家中排山倒海般的剁餃子餡聲吵醒的。

一睜眼，透過玻璃窗看到夜色早已降臨。幾隻鮮豔的「小火球」飄進院子。這是好朋友二春、剛子、陸三和大利子他們提著燈籠來找我了。

我一挺身從炕上竄起，一場「囚禁終生記憶」的年終守歲遊戲開始了！

守歲

引子

從前有句話叫：「風俗因君厚，文章到老純。」我覺得是非常適當的。難道不是嗎，延續千年的除夕守歲習俗，是被現代人開創的以相聲小品、魔術雜技、評書笑話、歌舞彈唱為主的「跨年晚會」所取代，而且逐步演變成新民俗，現在看來，這到底是件好事還是壞事？可真就不容易釐清了。

好了，不管怎麼說，如今「跨年晚會」已成習慣，我們接著聊在尚無「跨年晚會」的年代裡，一個鄉村少年是怎麼守歲過年的吧！

一

話說我吃過年夜飯，「肉醉」暈頭趴在炕上酣然睡去。那叫一個香啊！

這是一個除了吃喝玩樂沒有什麼正經事可做的時節；

這是一個沒有任何假期作業負擔的年代；

這是一個很容易被幾塊肉、幾塊糖、幾個鞭炮逗樂的年紀。我的睡姿或四仰八叉，或五體投地，這是吃飽喝足的睡法。似乎只有這種伸展平攤，才可讓一肚子油水充分融進五臟六腑。若是飢腸轆轆，只會縮做一團的。

傍晚時分，我被此起彼伏的剁餃子餡聲喚醒。翻身坐起，渾身懶洋洋的，臉蛋發燒（可能還印有炕席的花紋）。在農村，孩子臉發燒是積食的症狀。在那個缺鹽少油的年代，這樣的紅暈大多在過年時發生。

這天的炕燒得格外炙熱，火爐赤焰炎炎，火苗騰起老高。因為，這天燒的都是大安山煤礦出產的上好煤塊。而平時燒的都是「一鍬黃土兌三鍬煤末」攪拌攤開晾乾的煤餅——也叫「煤煎餅」（簡稱煤煎）。是呀！過年了，爐火也得吃頓正經八百的年夜飯不是？

忽然想起，媽媽交代的要貼春聯，遂精神為之一振。三十晚上貼春聯是我們家的傳統。

據媽媽說，爺爺活著的時候，都是這時候貼。而三十白天爺爺都要到良鄉去趕窮漢子集。早在幾天前，他就將家裡黃花菸的菸梗（菸葉早已抽完）上碾子壓碎，過籮。之後噴一口酒，用袋子包好埋到糧食櫃裡發酵。單等三十這天拿到集上去賣。

所謂「窮漢子集」，顧名思義，就是家境貧寒的人去趕的集，這是一年中的最後一個集。每年的大年三十，人們要把還沒賣出去的農副產品賣出去，一般價格都會比以往便宜。而許多窮人家也會因為家境貧寒缺錢才在最後的一天去買便宜年貨。歌劇《白毛女》中楊白勞賣豆腐買紅頭繩說的就是這種情況。

從市集上回來，吃年夜飯，喝一口酒，之後蒙頭大睡，天黑了，我媽舉著煤油燈，爺孫兩人貼對聯——門框、豬圈、水缸，灶臺、糧囤、耳房等，一路掛紅，登時小院熠熠生輝。

我問媽：「爺爺和你都不識字，怎麼分得清上下聯和什麼位置貼什麼內容？」

媽說：「爺爺讓寫字先生按順擺好，捲好。之後，小心翼翼地依次嚴格張貼，準沒錯！」

光陰荏苒，這一家俗一直延續到今天。現在，每到年三十我都要帶兒子上街購買或勞人撰寫春聯，趕在午夜之前張貼。而且，兒子必須參與。樓道裡有燈，不必舉油燈、開手電筒，但是一定要他拿糨糊、撕膠帶、遞條幅。我相信，將來他也會帶著自己的孩子這麼做的。傳承家俗，是每一個當父親的責任！

話題既然帶到這些，索性就多囉唆幾句。

貼春聯應該是現如今新春佳節碩果僅存的風俗。您看，餃子隨時可吃，鞭炮遇喜就放，新衣天天都穿，酒肉想吃就吃，都很普遍了。而唯獨這春聯只有過年才能貼。平常日子心血來潮，貼幅紅春聯吧（並非指文人的吟詩作對）！村人必會讚美其曰：抽風！

二

我媽叫我貼春聯，其實是讓我張貼對聯、年畫、窗花等一系列裝飾物。說實話，自打一進入臘月，我的嘴沒閒著，手可也沒閒著。推碾子磨麵、趕集採購、買菜割肉、掃房除舊。特別是二十四掃房日那天，我和哥哥幾乎變成城隍廟裡的小鬼。從屋頂掃落的塵土鑽進我們的眼耳口鼻，好幾天吐痰成泥球，呼吸生腥味，眼紅帶血絲，但一切都是值得的。打量住了十幾年的老屋子，此時已煥然一新。屋頂的葦簹（俗稱「蓋笆」）、檁條、椽子、房坨都露出本色花紋；牆壁粉刷得四白落地；屋中幾件陳舊傢俱包漿泛新；新糊的窗戶紙（道林紙）在傍晚暗藍色天空的映襯下，真個是「白格生生」。聞著醉人的肉菜香，聽著鏗鏘的剁餡聲和零星的放炮聲，想著夜晚的遊戲，憧憬著明天的拜年（或許能收穫壓歲錢）、穿新衣、穿新鞋、放鞭炮、吃餃子、含糖果、聽吉祥話……我的天啊！這哪裡是過年啊！這簡直是在做夢啊！

骨瘦如柴的童年哪消化得了這等大密度、超強度、高甜度的美好？這要待時光的浪潮滌蕩稀釋，在不惑之年反芻這份甜蜜，感知童年囚禁佳夢，歲月饋我良多。

我不知道這些童年記事何以被稱為憶舊。這些散發著花蕊氣息、初瞳視角、晨陽光澤的兒時往事何「舊」之有？胡扯！

三

夜幕降臨，院子裡忽然飄進幾隻五色斑斕的「火球」。哈哈，是好朋友二春、剛子、老全子他們提著燈籠找我玩了。

趁著人多，我要開啟「守歲之旅」的第一步——貼年畫。

這是我過年最愛做的一件事。我自小文弱，不喜歡燃花放炮，因不免心驚肉跳，只喜歡張燈結綵，粉飾陋屋；聞油墨的芳香，讀引人的故事，賞精美的繪畫。在張貼的年畫當中，我極欣賞有著連環畫性質、被村民稱之為「小四扇」的畫作。這其中，既有八大樣板戲的劇照年畫，也有古典故事的工筆畫作：〈穆桂英大破天門陣〉、〈大鬧天宮〉、〈武松打虎〉、〈岳家小將〉、〈寶蓮燈〉、〈群英會〉，等等。在買不起小人書的年代，僅憑這些連環年畫，我張家看「水滸」、李家讀「聊齋」，左鄰觀「東周」、右舍望「西廂」，依然能大飽眼福。

年畫是僅次於春聯的新春喜慶符號，再困難的人家也都會買上幾張的。年長之後才知道，這些畫作均出自大師之手。如此說來，貧窮的大馬村每家每戶都是一個小型美術館。因此，說我的童年時期營養不良，羸弱不堪，我一百個同意；說精神生活枯燥乏味，我很難認同。相比現如今的速食文化，我那時可都是結結實實的「五穀雜糧」，將我們的精神滋養得虎頭虎腦。

守歲第二步：提燈夜遊！

這是一種廉價的傳統燈籠。皺紋紙折疊而成。底托中間是一個薄鐵片做的蠟燭臺。點燃蠟燭，先滴上幾滴蠟油，再將小蠟燭「焊」在上面，再將四周的鐵片掰起固定住蠟燭。之後，一手拉提梁，一手抽燈穗，將燈籠小心翼翼慢慢拉開。

燈籠是渲染農村兒童前途的一個隱喻。它朦朧似夢幻，寥落似星辰。挑著這盞小燈籠，我們就成了小螢火蟲或深海中自由發光的水母，東遊西蕩，哪裡黑往哪裡鑽！豬圈、茅房、雞窩、狗洞、煤棚、耳房……過年了，也讓這些黑暗的所在感受到光的溫暖。看完院裡再跑到街上。將以往夜幕降臨之後疑神疑鬼的角落都照一照；把走夜路時不敢直視的地方都晃一晃，燈籠給了我們無窮的膽量與希望。大馬村金絲絨般漆黑的夜幕被這些小燈籠燙得千瘡百孔。

守歲第三步：熬夜！

午夜放完鞭炮（一掛兩百響的小鞭炮），我們都回到家中進入除夕的神聖時刻——熬夜守歲！

坐在火熱的炕上，媽媽安詳地包著餃子。媽媽不會講故事，她只是默默地操勞著。（今天我才領悟到，她用勤勞演繹的故事夠我回味一輩子）沒有電視，沒有「新年晚會」，家中的一個破損的半導體中正在歡快地播放著評劇《劉巧兒》；兩個哥哥用一副缺張斷頁的撲克牌玩著接龍；我興奮異常地把年畫看了又看，讀了又讀。

此時的家中燈火通明，媽媽在沒有安裝電燈的里間屋、小耳房裡都放上了煤油燈。除夕之夜的農家如樸實的村民，通透明亮。就在這萬家燈火亮麗輝煌的時刻，瘋玩了一夜的我甜蜜地睡著了。

尾聲

哦，守歲！是靜候時光的流逝，還是抵禦歲月的消亡？都不是。歲月如梭，一個積貧積弱的農村少年又怎能守得住？既然守不住，那就發揮兒童的天性，在每一個過往的日子上塗鴉留痕，以使得步入知天命之年的我，回首往昔，如歷昨天。

那句話怎麼說來著：歲月不饒人，我們又豈能輕饒了歲月！

第六輯　歲月詩章

致老師——同學三十年聚會有感

沒見到你之前，我猜想：
這次再不會抬著頭看你了吧？
因為你肯定老了，矮了；
而如今的我長大了，長高了。
可是，直到站到你身旁才發現：
你依然高大得讓我仰視才見。

沒見到你之前，我猜想：
這次用不著害怕見到你了吧？
因為我再不會因為沒做完你安排的作業題而膽戰心驚。
可是，直到看到你慈祥的笑容我才發現：
你給我安排的人生這個作業，我完成得並不好。

沒見到你之前，我猜想：
這次你不會再讓我去請家長了吧？
因為，如今我也為人父啦。
可是，直到看到你滿頭的白髮我才發現：
我是多麼需要一位家長。是的，我發現：
年近半百的我比小時候更需要一位父親或者母親。

老師呀！
依偎在你身旁我才像個孩子，
有你看護我的童年，
我就永遠不會老去。

致同學——為同學三十年聚會而作

說好的，見了面誰也不准哭。
結果，那天大家都在笑，可我知道，其實在心裡，大家都在哭。
搞不懂，小時候日子多苦啊！可為什麼我們只知道傻笑瘋玩，就不知道哭？
如今，年近半百，生活富足，兒孫繞膝，該知足了吧！但不知怎麼了，心裡卻總是酸楚，想哭。
三十多年了！
心中淤積了多少苦澀，可又能哭給誰呢？
父母嗎？
他們一輩子含辛茹苦，再不能給他們添麻煩；或許，他們已經離去。
兒女嗎？
他們有他們的生活，再說，他們能理解我們的心嗎？
這一肚子的苦水只想倒給你呀！

我的同病相連、情同手足的同學！
沒有哭聲的童年與沒有笑聲的晚年都讓人感到難過。
小時不哭，是因為少年不識愁滋味；
老年不笑，是別有憂愁在心頭。
其實，又有什麼呢？
難道，我們想做那棵大樹——歡樂我不笑，痛苦我不哭？
其實，又有什麼呢？
難道，真的有淚往心裡流，直到如鯁在喉？
我沒參加聚會，但是我哭了。
戈壁的雨聽到了，沙漠的風聽到了，它們勸我說：
別信男兒有淚不輕彈，該哭就哭！
我希望，下次聚會時，有同學走到我面前說：
喂，同學，能借你的肩膀用用嗎？
——因為我想哭！

第七輯　鄉村物語

鄉村物語

開場白：關於大馬村，我一口氣寫了三十多篇文章。照理說，對於一個彈丸小村的回憶也差不多了。但我心裡還是空落落的，覺得還遠沒有寫出我心中這個小村莊的皮毛。就是說，根本沒有碰觸到筋骨，探索到精髓，心裡還有一大堆東西沒寫。可糟糕的是，又根本寫不出來了。

許多人弄不清楚這類憶舊文章的寫作規律。以為只要寫老東西、舊事物就行了。於是，一些兒時朋友、同學就不斷地提醒我，你把那棵老樹寫寫、把那盤老井說說。其實，寫過去的目的無非就是映射現實。我如果想不清楚當年那些老人老物老事在今天生活中的投影和影響，尋找不到這些過往在今天現實生活中的意義，就根本下不了筆。說句冠冕堂皇的話就是：歷史照不進現實，那，寫它何用？

關於大馬村，有些事寫成了文章，還有更多的記憶縈繞在腦海怎麼也趕不走——抹不淨的幾件農事、幾句俚語、幾頓粗茶淡飯、幾段閒話等，就只好歸堆、打包，拉拉雜雜想起什麼寫什麼了，是為記。

土裡刨食

莊稼人把一切有關收穫的農事統稱為「刨」。但具體叫法又不一樣：砍玉米秸，說「招」；收玉米棒，說「掰」；收高粱，說「扡」；收黍子，說「找」；穀子上場，下一工序說「掐」；收棉花，說「摘」；收麥子，說「割」或「拔」；收芝麻，說「殺」；收白菜、蘿蔔，說「砍」，說「起」……每一種收穫，都隱含著流汗情節，都牽連著農民的不同情愫。

大場

大場也叫打穀場、打麥場、場院。

大場是村莊盈虧的晴雨表，五穀豐登的大舞臺，更是我們村的「村民廣場」。

村民大都圍場而居，有事沒事喜歡到場院閒話家常——暢談國家大事，傳遞村社輿情，閒聊家長里短，交流周邊資訊。

大馬村大隊分東西兩隊，各自都有自己的場院。《辭海》為「場」做解：平坦的空地，多指農家翻晒糧食及脫粒的地方。因此，大場選址在無砂礫，空曠、敞亮，排水條件好的所在。

建造打麥場謂之「打場」，且有未曾打場先杠場之說。經了一冬一春間，雨雪後車輪碾軋，堆物、積肥，打穀場已一片憔容。麥收臨近，頭宗要事即為「杠場」。

杠場作業程序：（1）潑場。用清水將整個場潑遍。（2）耪場。十幾把大鋤將地面耪鬆軟了。（3）軋場。上鋪滑秸（麥秸）用碌碡軋平、軋實，直至光滑如鏡。杠場目的是把沙土壓下去，打出來的糧食乾淨。

場上使用的農用器具不下幾十種：大型的有碌碡、扭軸、鍘刀、囤圈、搶杈、扇車；小型的有木鍁、三股杈、四股杈、沙耙、大小撞板、竹掃帚、杪掃帚、大眼篩、細篩、笸籮、簸箕、抬筐、大繩、絞根、砘子、混子、水缸、磨刀石等傳統農器具，還不算上現代的電動機械：脫粒機、粉碎機、揚場機等。小孩子放學後最愛往大場鑽，看著農人們操作各種農機具辛勤耕耘，想說這不是傳統教育都難。

三夏大忙 龍口奪糧

「三夏」，是夏收、夏種、夏管的簡稱，也是陰曆四月（孟夏）、五月（仲夏）、六月（季夏）這三個月的合稱。

「三夏」是一年中最忙的季節，從每年五月下旬開始，至六月中旬結束。此時，上年秋季播下的麥子成熟，需要搶時間收割，顆粒歸倉。

搶場。哪個麥季都不會一帆風順。麥季雨水多，都有搶場事情發生。

天有不測風雲。麥子正午攤在場上，一陣狂風大作，傳來幾聲悶雷。風是雨頭，眼見西北天空黑成了鍋底，閃電舞著金龍，烏雲像飛奔野馬捲過來。電閃雷鳴，場上的人趕緊收拾！搶杈、木鍁、大小撞板交錯，人人走路都帶著小跑。場頭——看場的老爺爺趕緊搬來了草蓆；在家裡的婦女，放下吃奶的孩子，放下餵豬的髒水盆，門都不鎖，一個個瘋狂地往大場跑。傾盆大雨中大家草帽被風刮跑了，雨衣被風撩開了，雨水直澆身體。濕衣服緊貼身上，頭髮打了結，已無法分辨出是雨水還是汗水。為了奪糧，為了活口，莊稼人豁出去了。

打夜戰。三夏大忙的季節是不分白天黑夜的。月白風輕的夜晚是打麥的好時節。大場上挑起了電燈，亮如白晝。這哪是工作呀！簡直是村裡的狂歡節。場院裡，人們歡聲笑語。蚊蟲繞燈狂舞，村民圍機（脫粒機）忙轉。小孩子們繞場歡鬧。我們是有所圖的。為了犒勞大家，生產大隊做了宵夜。養豬場改成大食堂，熬豬食的大鐵鍋刷乾淨下麵條。社員自帶碗筷（都是提前通知好的），排隊打飯。我等小孩子混在人群中間，渾水摸魚。沒有碗筷——掐一片藕坑裡的荷葉當碗，撅兩根編筐的荊條當筷子。怯生生排隊打飯，居然給我裝了一大碗（嘻嘻，打飯的是鄰居我二嬸）。興沖沖抱著飯碗躲到牆根黑影裡唏哩呼嚕、狼吞虎嚥。這碗雞蛋打滷過水荷葉麵是我這輩子吃過的最香的麵條，沒有之一。

助戰。自打三夏開始，村裡的大喇叭就沒消停過，整天哇啦哇啦，每天天還沒亮就響，播放村廣播室那幾張「破唱片」，翻來覆去地播放（我喜歡上戲劇就是從那時開始的）。當然了，廣播的重要作用是：村長動員麥收，三夏防火宣傳，分派工作調遣，奪糧決心誓言。

麥秸垛

麥收過後，大場的北邊堆起了幾個麥秸垛，胖墩墩的。這是陽光和汗水的結晶，是田野釋放出的幸福的「飽嗝」。

麥垛的胸膛裡裝著童話。沿著「七月流火」的軌跡，從犁耬鋤耙親吻過的田野回歸村莊，堆積成人間煙火。從壁虎的尾巴後拖出綠油油的春苗，到招來蜂引來蝶的揚花，從月光下蟈蟈們的吟唱裡灌漿，到在麻雀們急不可待地吵鬧中黃熟，麥垛濃縮著一個生動的季節，麥垛用豐滿的形象闡述著一種意志和力量。麥垛被麥場上的歡聲笑語分離出麥秸和麥粒。倉廩實了，麵袋鼓了，彌漫著麥香的炊煙嫋嫋升起了。

像蛋（旦）

「像蛋」在我們村有著外鄉人難以準確理解的含義，泛指裝相、做作、矯情、誇張、迂腐、不入流、不隨俗等許多模糊不清的思考模式和行為表現，和劇裡的旦角差不多，因此，也被稱作「像旦」。

總之，被稱作像蛋的人，在村民眼裡都成了不可救藥的異類和典型。有時，這個詞就是一種情緒表達。那次，我借了街坊二叔的自行車去鎮上處理事情，回來還車時，弓腰致謝。站在一旁的二嬸看到了，扯著嗓子嚷道：「呦，還謝謝哪，還真像蛋！」

鬆懈

大馬村人不懂得什麼叫幽默，也不知道這個詞，所以把村裡說話風趣、處事隨和，為人善良、友好，極易相處的人稱作「鬆懈鬼」。這是相對於那些不苟言笑、嚴肅嚴謹、死性呆板的人說的，不是什麼好詞。一個人一旦被扣上「鬆懈」的帽子，在村裡就不容易贏得村民的尊重。長輩訓斥晚輩：正經一點，別這麼懶懶散散的！

我上網查了一下這個詞，果然就被解釋為：鬆散、鬆弛、鬆懈，乃至——懈怠！把一個正常人，活生生糟改成人見人嫌的異類。

那天，我見到鄰居二嬸教育大馬村一個鬆懈鬼。那人騎在自行車上，雙腳撐地認真聽訓。二嬸說一句他點一下頭，並不搭話。二嬸急性子，問道：「你倒是說話呀！光點頭什麼意思？」那鬆懈鬼開口說：「一點頭是贊同您的說法；二點頭是真心接受您的批評；三點頭是感謝您的教誨，向您三鞠躬。」

如今我離鄉多年，很難見到這樣的人了。幾年前的一個晚上，我見老婆一人坐在沙發上看電視笑得前仰後合，便也跟著看了一下。那檔節目是個脫口秀，我看幾位表演嘉賓風趣幽默，妙語連珠，不禁挑指讚嘆：「真鬆懈！」

老泰

村裡的風俗，把兄弟姐妹中最小者叫「老」。不同年齡不同輩分的人們分別稱呼他「老疙瘩」、「老兄弟」、「老妹子」、「老叔」、「老姑」，等等。此外，村裡對達到一定年齡、具有一定閱歷和聲望的人稱為「老泰」。「泰」字相對於老」字，發音又輕又短，如許老泰、張老泰、王老泰等。

「鄉賢」李學義生命中最後的一首詩

我寫了大馬村許多文章，有些事是杜撰的，但有事實依據；有些人用的是化名，因為真名不敢用，怕人家跟我打官司。家鄉父老很可愛，老是提醒我：「你說的那人姓××不姓××，呵呵。」這我當然知道。

這次不同，提到李學義，我不敢用化名，怕對他不敬。

李學義是我們大馬村最有學問的人，不必說紅白喜事記帳那一筆周正的歐楷，也不提鄰里糾紛大事化小的調節。總之，一提起他，村裡人都服氣，都覺得他有學問，可又都說不清他哪有學問。他是道地的農民，也下地工作，既不從事大隊的文員工作（如會計、出納、宣傳員）之類，更不在小學校代課教書。說話不「鬆懈」，為人不「像蛋」。這樣的人，在過去有個專用稱謂叫「鄉賢」或「伏地聖人」，我覺得非常貼切。

這是一個值得大書特書的人物，待今後閒暇專章記敘吧！今天，這裡記述的是李學義生命中最後的一首詩。時間顯示是在西元一九九八年二月一日。他在給我的信中提到他患了癌症，想做手術，但醫院說，難度較大，成功率只有百分之四十。另外，即便手術相當成功，病人也只能存活一年。無奈，他改吃中藥，據說三個療程即可痊癒。關鍵是還真見效——體重增加，面色紅潤，他很開心。值此新春佳節之際，他欣然賦詩一首。

無題

疾患臨身知天命，
不爲劫難道不平。
福薄難逃瘟神掌，
壽長不進豊都城。
仙丹入腑驅邪癘，
笑語出唇吐雄風。
辭卻無常迎新歲，
定攀耄耋數秋冬。

詩很工整，標準七言。以前年歲小，只知他有學問，不知到底如何。如今我人過中年，粗通格律，才知他的功底如此之深。

一九九九年春節（陽曆二月），我老家二哥打來電話說李學義死了，剛過完六十天。這樣推算，也就是元旦前後走的。應該說那個中醫也沒說謊，雖沒有像吹噓的那樣可痊癒，但和醫院醫生所說的「即便手術成功也只能存活一年」相較，結果還算不錯的。起碼，免受了手術之苦。

李學義走了，大馬村的老人陸陸續續都會走。但有點不同的是，李學義的一生值得研究。時下，曾有人士呼籲弘揚「鄉賢文化」，助推鄉村精神文明建設。鄉村裡像李學義這類人物有很多很多。他們自身就是農民，而非生活在農村的知識分子。他們不脫離農村生活，又能使村民感受到文化的魅力，真正做到文化潤村，李學義確實有著標本般的意義。

石匠

大馬村有三件寶：蚊子叮，跳蚤咬，晚上睡覺蛤蟆吵。據說，這是老石匠羅振中編的順口溜。

大馬村是個大村，所謂「大」，就是五行齊備、八作俱全，遇到大事小情不用對外求人。僅以蓋房為例：瓦匠、木匠、笆匠、石匠等應有盡有。

我們村的石匠既不雕龍也不刻鳳（估計也不會），但應付村民蓋房綽綽有餘。打柱礎。那時蓋房講究四梁八柱，有柱就得有柱礎，俗稱「磉盤」。「磉」念「ㄙㄤˇ」，大概意思是，古時搆不著採桑葉，腳下墊的墊腳石，引申為柱下的石墩。打石板。將從山里拉回來的形狀各異、薄厚不一的青石板全手工打製成房檐、窗臺、臺階等蓋板。簷口處有的還打了「卍」字、喜字、燈籠等花邊，很喜興。

這項工作要叮叮噹噹好幾天，必須在蓋房動工前完成。否則，柱礎還沒打好，梁柱怎麼立？

工作就在當街大馬路旁。拉石材的重車進不了院子，當然，也為不擾民。

我每天放學回來，把車停到院中就轉身來到他們身邊。我喜歡看職人工作。看他們圍坐一圈，每人面對一塊石板，用鏨子與石頭對話。石花有如刨花飛濺在身邊。工地中間放置一個炭火爐，炭火通紅，打鈍了的鐵鏨子插在其中，隨時敲打研磨，鋒利如新。所以，石匠又做了鐵匠的工作。

叮叮噹噹一天，他們也有與人交流的需求。我更愛聽他們頗老派而淳樸的語言。我一來就有人問我：「上幾年級了？現在學的字（功課）深了吧？先生（老師）得嚴嗎？」我說：「嚴，急了打人呢！」羅振中說：「嚴一點好，就像這石頭，不打它怎麼成器呢！」

大馬村的來歷

我生長在大馬村，書寫著大馬村，但我對大馬村的歷史一無所知。直到我讀到《村落文化》一書，才有所獲。

書中說，大馬村有清代道光、咸豐兩朝重臣，文淵閣大學士兼都統耆英的墓葬。耆英早年曾在這裡置田莊，莊戶聚集形成一個小村。因此，大馬村的滿族人比較多。

我的天哪，記憶中破敗荒蕪的小村莊竟有清朝皇家背景，令我感到惶惑。

愛新覺羅．耆英，字介春，隸滿洲正藍旗，多羅勇壯貝勒莫爾哈齊六世孫，嘉慶朝東閣大學士祿康之子。清朝宗室，大臣。耆英以蔭生授宗人府主事，遷理事官，曆官內閣學士，護軍統領，內務府大臣，禮部、戶部尚書，欽差大臣兼兩廣總督，文淵閣大學士。後因欺謾之跡，為王大臣彈劾，咸豐帝賜自盡。

耆英是中國近代史上首個不平等條約——《南京條約》簽訂的中方代表。

真想不到，大馬村竟是這位權臣的葬身之地；真想不到，彈丸之地的大馬村竟能與改變中國命運的宏大歷史事件掛上邊。

既然是耆英墓葬之地，那遺址在哪兒呢？小時候確實見到村西邊有許多高大的土堆，村人都稱之為大墳頭。那時，村人取煤土都喜歡挖掘大墳頭的土，說是好燒。當時和煤講究的是一鍬黃土三鍬煤沫，混合攪拌。後來，大墳頭被村裡的「四類」挖掘平整掉了，出土了許多銅錢大鐵釘，再沒見到什麼寶貝。那些銅錢，小一點的被村裡女孩子用在雞毛毽子中，踢在空中，飛在身邊，晃動在我的眼前。

大廟

《村落文化》中說道：「山不在高，有寺則靈；寺不在大，有佛則名。舊時多數鄉村都有廟宇，供奉的不僅有佛教的釋迦如來和觀音，還有關帝廟、龍王廟、娘娘廟等。甚至可以說，當地的每個村莊都與宗教有關。數以百計的寺廟出現在百花山麓、拒馬河畔。不論是三進殿宇五重院落的輝煌古剎，還是簡樸的山中小庵，也絲毫沒有影響眾多的善男信女虔誠地進香禮拜。」

大馬村也有一座古廟，不大，叫天元寺，村裡人都叫它大廟。

天元寺是一座保存完好、歷史悠久的古寺。寺院坐北朝南，三合院布局。山廳的石楣上刻楷書三字：「天元寺」。正殿五間，清水脊，前出一步廊，紅漆柱，花欞隔扇窗門。椽枋上繪有精緻的人物彩畫。殿內正面及兩山牆布滿佛像或佛教故事的壁畫。殿中曾供奉過泥塑釋迦、文殊菩薩、藥師、阿彌陀佛和三世佛像，至今已蕩然無存，是西元一九七〇年代初期毀壞的。

西稍間前廊下豎立「重修天元寺碑記」。碑方首方座，碑首浮雕朵雲，額篆雙行豎刻「永垂不朽」。碑文記述了天元寺衰敗與復興的歷史。碑陰面鐫刻捐資人姓名和捐資數額。

東西配殿各三面，均為清水脊、前出一步廊。出廊的檩枋上繪有蘇式彩畫。左殿供娘娘，右殿供關聖帝（關羽），西元一九七〇年代初塑像被徹底毀壞了。院中有兩株百餘年柏樹，枝繁葉茂。位於殿前牆根下，有一八角形倒在地上的經幢，因被土掩埋過半而不知其刻文內容。

在寺後的東北角有一口水井，是寺僧飲食的水源。村民相傳此井水甘甜清醇，更有奇特的醫治用途。舊時遠近百里來此井求水之人甚多，凡所求者均能水到病除。

天元寺始建於何代，已無從考證。從現存《重修天元寺碑記》可知在重修前只有古刹基址，牆垣盡坍，碑碣無存。其時有善士張得順、張鳳鳴二人見天元寺滿目荒涼，倍感傷心，於是產生發願重修的決心。經過籌備，於民國十四年（西元一九二五年）開始興工，落成於民國十五年四月，歷時一年又三個月。現在的天元寺就是此次重修的，重修後，仍沿用天元寺之名。

重修天元寺碑記

嘗考：黃金布地，祇園開說法文場；白馬馱經，洛邑建傳燈之寺。蓋我佛以慈悲度世，眾生因感覺蒙庥。非示以寶相之莊嚴，奚動夫群流之信仰，此象教之所由起，而善業之所由興也。慨自世風日降，詐僞爲愈口懷奪，相尋紛爭不息，縱橫殺伐，知浩劫之將臨。權力憑陵，置公理於不顧；惟利是視，以刻爲能；欲海橫流，固有文□。天良幾於澌滅淨盡。天良澌滅，人類將何以生存？故仁人善士，夙具婆心者，亟亟振興佛教會。講明因果，闡發福罪，使人有所懲，而不敢爲，有所勸，而訓以化。由一鄉一黨擁而至大邑，通者借佛法之威靈，生寶氓之觀感，庶幾消除惡業，挽救狂瀾，誠正本清源之無上法也。良邑所屬大馬村東首，舊有古刹基礎，一區爲良地，不及二畝修。去歲因事西行，經過是地，見其牆垣盡圮，碑碣無存，不知建於何代，廢自何年。滿目荒涼，鞠爲禾黍，惻然傷之。遂勉竭綿力，發願重爲修，鳩工庀材，從新興築。計成正殿五楹，供奉釋迦文佛、藥師佛、阿彌陀佛三世尊。東西各三楹，左爲娘娘殿，右爲關聖殿。繚以周垣，前起山門，仍其舊名，榜曰天元寺。肇工於民國十四年夏正二月，落成於十五年四月。從此丹楹刻桷，重瞻廟貌之輝煌；捍患禦災，仰□神靈之庇護。即於風俗亦不無裨補。是爲記。

（中華民國十有五年歲次丙寅夏曆……建立）

村裡人信佛的不多，但村子離開這座廟怕是不成。

結束語

有關大馬村的話題還有很多，可越寫越覺得許多重要的都沒寫，而寫出來的又都不滿意，這真把我折磨得心力交瘁，痛苦得像草一樣不能自拔。還好，這本書有字數要求，篇幅限制，就只好借坡下驢，見好就收吧！

鄉情—遊子聯絡站印象

遊子聯絡站坐落在良鄉西太平莊村的一個角落。仿古四合院制式，抄手遊廊，雕梁畫棟，古色古香。

院落異常寬大，站在門洞拍照，普通相機不用廣角拍不全。

佇立院中，環視周庭，這個被稱作遊子之家的所在，令人心生莫名的悵惘——「當年的遊子們果真有一份如此殷實的家業，又有誰會浪跡天涯，放野人生？」

四合院，京都民居。於此，便成一份隱喻。對於我們這樣一個有著「離家十裡便要寫家書」傳統的地方，當年要想突破「四面合圍」的戀土羈絆，不是件容易的事；而如今，想要走出「四面圍合」的鄉愁，同樣也是難上加難。

葉落歸根，回來了！

四合院是盛斟鄉愁最好的容器。

再將目光延展，院外高樓環峙。陡然穎悟，這樣一個寸土寸金的地塊，用於房產開發怕是有千萬元的收入。然而，政府機關不惜重金將此地打造成聯絡四方遊子的所在，魄力乎？眼界乎？胸懷乎？

遊子聯絡站是政府機關為了研究成立的事業單位，不具有公共性，沒有審批權、執法權；沒有職能職責和「三定」方案，理論上也不過是出出「遊子通訊錄」，聯絡聯絡在外遊子而已。

如此「務虛」的部門、「養老」的單位，讓他們辦得活色生香，聲名遠播，佳績頻出。遊子們戀土有根，思鄉有本，想說這裡不是「家」都難！

遊子中心主任，一位富態、仁厚的中年人，能聊善談，一見面便與你掏心掏肺地交流，像極了鄰居大哥。副主任，古道熱腸，極像那種一進門便讓你上炕暖和暖和的街坊大嫂。走進她狹小的辦公室，沏茶倒水，擺上花生瓜子，一陣忙碌。不久從櫃頂取下一軸書畫，又從桌角捧出一個禮盒：「都帶走吧！做個紀念，大老遠來得不容易！」直讓人心潮澎湃，雙眼濕潤。

「遊子之家主人」的身分使得他們身上有著極富世俗的親和力，「遊子中心主任」的身分又使他們肩負著不輸任何一個行政事業單位長官所具有的發展魄力與開拓遠見。

從資料上，我們了解到他們的工作：聯遊子、訪友人、牽紅線、引專案、辦聯誼、編規畫、建網站、出畫冊、搞專刊……一年到頭忙得不可開交。即便是這樣，他們仍梳理出力度不夠、手法單一、與遊子聯絡不緊密等工作中的不足。面對新的一年，他們提出「明確兩項重點，推進五項工程，完成五項工作，強化五項保障措施」的構想。

隔行如隔山，想不到如此「單一」的一項工作，被他們搞得風生水起。或許，在當地發展的宏圖偉業中，遊子中心的事業只是微小的一磚一石，但是他們認真的心態與勇執的性格，使得事業如良鄉塔一般，雖為尋常磚石構造，但歷經千年不倒。

因為他們深知：每一位在外漂泊的遊子，都是一個對外的表徵——閃爍著當地的形象，體現著當地的品格，彰顯著當地的魅力。

如此說來，遊子中心的意義可就大了去了！

國家圖書館出版品預行編目資料

那當兒：故鄉童年的回憶 / 楊建英 著 . -- 第一版 .
-- 臺北市：崧燁文化事業有限公司 , 2022.12
面；　公分
POD 版
ISBN 978-626-332-953-9(平裝)

855　　111019107

官網

那當兒：故鄉童年的回憶

臉書

作　　者：楊建英
編　　輯：劉芸
發 行 人：黃振庭
出 版 者：崧燁文化事業有限公司
發 行 者：崧燁文化事業有限公司
E-mail：sonbookservice@gmail.com
粉 絲 頁：https://www.facebook.com/sonbookss/
網　　址：https://sonbook.net/
地　　址：台北市中正區重慶南路一段六十一號八樓 815 室
Rm. 815, 8F., No.61, Sec. 1, Chongqing S. Rd., Zhongzheng Dist., Taipei City 100, Taiwan
電　　話：(02)2370-3310　傳　　真：(02) 2388-1990
印　　刷：京峯彩色印刷有限公司（京峰數位）
律師顧問：廣華律師事務所 張珮琦律師

定　　價：375 元
發行日期：2022 年 12 月第一版
◎本書以 POD 印製